서른 살이 되지
못할 줄 알았습니다

이 정 연 지음

희귀 난치병으로 쓰러진지 10여 년-
나는 보이는 그대로의 사람이기도 하고,
결코 그 누구에게도 보이지 않는 면을 가지고 있기도 하다.
어쩌면 당신도 그런 사람일지도 모른다.

와우라이프

서른 살이 되지
못할 줄 알았습니다

발 행	2024년 4월 15일 초판 1쇄 발행
저 자	이 정 연
발행처	와우라이프
발행인	임 창 섭
주 소	경기도 파주시 송화로 13(아동동)
전 화	010-3013-4997
팩 스	031-941-0876
등록번호	제 406-2009-000095호
등록일자	2009년 12월 8일
ISBN	979-11-87847-14-4(03800)
정 가	17,000원

서른 살이 되지
못할 줄 알았습니다

와우라이프

C·O·N·T·E·N·T·S

서른 살이 되지 못할 줄 알았습니다

프로투석러의 평범한 하루

그래도 살아갈거야

이정연의 평범한 하루

서른 살이 되지 못할 줄 알았습니다

이정연_자존감 폭발하는 제목

나는 사실 타인에게 나를 소개하는 일이 어렵다. 대체로 소개란, 내가 지나온 길들과 내가 가진 객관적 지표들을 토대로 이루어지는 것이니까. 나는 본디 남들과 같은 평범한 20살이 없었던데다,

25살이 되자마자 ESRD 진단을 받아 10년도 넘게 투병 중이다. 그래서 또래들이 해보았을 일들을 거의 해 보지 못한 채로, 아픈 일에만 충실한 삶을 살아왔다. 그 누구에게 나를 명료하게 소개할 만한 지나온 길도, 객관적 지표도 오롯이 갖고 있지 못하다. 결국 아프면서 시간만 보냈다는 이야기다.

오늘은 11월의 첫 번째 날. 나는 대학병원에서 혈관 시술을 받고 혼자 병원 내 카페에서 바닐라 라테와 케이크를 먹으며 이 글을 쓰기 시작한다. 이 특별한 하루, 나의 걸음을 통해 내가 어떤 사람인지를 당신이 알 수 있을 것이기에. 나는 이력서와 같은 소개는 할 수 없는 사람이므로, 조금은 특별하게 나에 대해 소개하고자 한다.

아주 복잡한 이야기들이 많지만, 이 글에서만큼은 간단한 설명이 미덕이 아닐까. 나는 24살과 25살의 경계의 어느 날 쓰러졌고 그렇게 갑자기 일상을 잃어버렸다. 그리고 작은 병원 몇 군데와 또 다른 대학병원을 거쳐서, 강남에 있는 이 대학병원에까지 이르렀다. 그리고 2012년 1월 17일, 투병의 역사는 시작되었다.

사람들은 희귀 난치병을 안고 10년도 더 넘게 살아오고 있는 나를 안타까워도 하고, 때로는 지나치리만치 멀쩡해 보이는 나를 경외의 눈으로 보기도 한다. 그러나 나는 그저 남들처

서른 살이 되지 못할 줄 알았습니다

럼 살아보지 못한 짧은 생이 억울해서, 언젠가 있을지도 모를 좋은 날을 위해 버텨왔다. 때로는 관성에 젖어서, 때로는 악착같이. 단지 그뿐이다.

24살의 겨울부터 내 몸은 이상 신호를 보내고 있었다. 급변하는 몸의 상태를 느낀 나는 결국 두 달이 되지 않아 ESRD라는 희귀 난치병을 진단받았다. 그 누구도 내 병의 원인을 알지 못했고, 나의 진단서에는 '상세 불명의'라는 수식어가 붙은 진단명이 쓰였을 뿐이다. 그렇게 나의 젊음에 낯선 병이 들러붙은 이후로, 나의 일상은 모두 병의 지배하에 놓이게 되었다.

전쟁이 터지지 않는 한, 월수금에는 공휴일이든 명절이든 관계없이 오전 시간을 싹 털어서 꼬박 4시간씩 투석을 한다. 화요일이나 목요일에는 주로 집에서 쉬거나 대학병원에 외래 진료를 보러 간다. 대학병원 스케줄이 없을 때는 가끔 친한 친구들과 개별적으로 만나서 시간을 보내기도 했고, 지난 3년간은 소중한 사람이 생겨서 그이와 가장 많은 시간을 보냈다.

하지만 타고나기를 밖에 돌아다니는 것을 좋아하지 않아서, 운신의 폭이 좁은 이 병에 비교적 빠르게 적응할 수 있었다. 물론 병에 적응하는 것과 마음으로 받아들이는 것은 언제나 별개의 문제였지만 말이다.

오늘의 시술은 짧게는 두세 달에 한 번씩 받기도 하는 혈관 재개통술이라는 것이다. 투석 치료는 왼쪽 팔뚝에 위아래로 굵은 바늘을 두 개 꽂아서 한다. 콩팥이 하지 못하는 일을 기계가 대신해 주기에, 한 바늘을 통해 몸속의 피를 모두 빼내어 기계에 집어넣어 혈액 속 수분과 노폐물을 걸러낸다. 그런 다음 다른 바늘을 통해 그 피를 다시 몸에 집어넣는 일련의 과정이 투석이다.

투석을 위해 동맥과 정맥을 연결하는 수술을 해두었다. 투석을 하기 위해 일반도로를 8차선 도로로 넓히는 공사를 해둔 거랄까? 덕분에 워낙 많은 혈류가 흐르다 보니 거듭되는 치료 속에서 혈관이 곡선을 그리는 지점(혈관이 꺾이는 지점)들이 자극을 많이 받아서, 혈관이 자주 좁아진다. 투석 치료에서 가장 중요한 것은 투석 치료를 위한 혈관 통로를 잘 확보하는 것이기에 오늘의 혈관 재개통술은 투석 치료 중에서도 가장 핵심적인 '치료를 위한 치료'에 해당한다.

나는 아프기 전부터 무척 섬세하고 예민한 편이었는데, 아프고 나서는 예민한 성질머리가 꽤 도움이 되고 있다. 늘 그 예민함이 내 몸의 변화를 잘 감지해 내기 때문이다. 그래서 나는 이런 나의 예민함을 퍽 좋아한다. 대신 타인에게는 예민하게 굴지 않도록 노력한다. 물론 가족과 연인은 늘 나의 예민함을 직격으로 맞는 이들이기에, 그들에게서 '너는 너무 예민해'라는 항의를 자주 받긴 한다.

그러나 병원에서는 늘 유쾌하게 말하고 행동한다. 아무리 아프더라도, 누군가에게 폐를 끼치는 일은 하지 않도록 병원에 시술을 받으러 가서도, 가끔 입원을 할 때도 혼자서 모든 일을 해내려 노력한다.

오늘은 오전 7시에 집을 나섰다. 수면 진정요법이 동반되는 시술이기에, 반드시 보호자와 동행해야 하지만 지금 나는 혼자다. 엄마는 간밤에 당직 근무를 하셨기에, 이따 오전 9시나 되어야 퇴근을 하신다. 그러니 일단 먼저 강남에 있는 병원까지 가서, 혼자 시술 준비를 하고 시술실에 들어가면 시술이 끝나고 마취 상태에서 깨어날 때쯤 엄마가 병원에 도착할 것이다.

이번 시술은, 10년 만에 처음으로 담당 교수님이 바뀌는 참이어서 무척이나 긴장되었다. 그래서 시술 전, 새로운 어시스턴트 선생님과 중재 신장실의 간호사실에서 마주했을 때 너스레를 떨기도 했다. 선생님은 몇 번이나 나의 잡스러운 이야기들에 웃어주었다. 나는 타인이 나로 인해 웃을 때 자부심을 느끼는 사람이기도 하다.

이미 수십 번 받아 본 시술이므로 어시스턴트 선생님 입장에서는 동의서를 받기에 무척 편한 환자일 것이라는 생각을 한다. 수십 번 듣는 설명이어도, 나는 선생님의 설명을 최대한 열심히 들고 손끝에 힘을 주어 여러 장의 동의서에 거듭 서명을 한다. 이럴 때는 혼자 속으로 스타놀이를 한다. 오늘은 사인이 잘 안되네... 예쁘게 해드려야 하는데.

그리고 섭씨 21.8도에 맞추어진 시술실로 당당하게 들어가서, 신발을 벗고 시술대 위로 냅다 기어 올라간다. 그 모습을 본 어시스턴트 선생님과 간호사 선생님은 아연실색한다. 아주 조심스레 계단을 밟고 시술대에 오르는 다른 환자들과 달리, 나는 내가 가야 할 곳을 알면 그렇게 무소의 뿔처럼 빠르게 나아간다. 이미 수십 번 오른 시술대인걸.

그러므로 망설일 필요 없다. 나는 처음 아팠을 때부터, 늘 정신을 똑바로 차리고 입술을 꼭 깨물고 나를 놓지 않으려 노력했다. 나의 증상에 대해서 가장 잘 아는 사람은 나이기에, 어떤 상황에서도 나의 고통을 제대로 전달하기 위해서. 그것이 내가 나를 지키는 유일한 길이라고 생각했다. 나는 지난 11년간 그 일을 잘 해냈다.

새로운 교수님과 인사를 나누고, 어시스턴트 선생님이 미리 전체 소독을 해둔 왼쪽 팔의 관절 조금 위쪽에서 마취 주사를 찌른다. 그 이후에 팔 혈관 속으로 조영제와 수면 유도제를 차례로 흘린다. 이미 콧줄로는 가스가 주입되고 있다. '가스 가스'!!. 오늘은 코가 평소보다 더욱 답답하군. 벽에 걸린 시계와 내 혈관 실황이 중계되는 듀얼 모니터를 차례로 본다. 오늘은 깊이 잠들지 않은 채로 쭈욱 모니터를 바라본다. 조영제가 흐르고, 혈관이 하얗게 제 얼굴을 드러낸다.

내 예상대로 혈관통이 있었던 바로 그 부위가 좁아졌다. 서당 개 3년이면 풍월을 읊고, 환자 생활 10년이면 내 몸에 대해서 는 교수님과 토론이 가능해진다. 감히 토론 신청은 아직 하지 못했지만, 교수님이 원하시면 분명 가능할 테다.

30분 만에 무사히 시술실에서 나왔다. 새로운 교수님과의 시 술은 성공적이었고, 나는 회복실에 누워서도 정신이 말똥하다 고 믿고 끊임없이 떠들었다. 아직 나타나지 않는 엄마에게 전

서른 살이 되지 못할 줄 알았습니다

화도 걸었다. 맙소사. 엄마는 아직도 일산 어드매에 계신다. 여기는 강남 한복판이라고요, 어머니.

　나는 쭈욱 눈을 뜨고 있고, 심지어 회복실 침대에서 일어나 앉아 있다. 아직 보호자가 오시지 않으셨으니, 절대로 병원 밖으로는 나가지 말고 일단 중재실은 떠나도 되겠다며 간호사 선생님이 나를 내보내 주셨다. "혹시 병원 안에서 쓰러지더라도 바로 우리가 처치를 해줄 수 있으니까, 꼭 병원 안에만 있어요." 그 당부를 듣고도 나는 혼자 씩씩하게 병원을 누빈다.

　일단 수납을 하고, 혼자 이렇게 카페에 들어와 시술받느라 고생한 나에게 달콤한 라테와 케이크를 선물해 준다. 이럴 때는 씩씩하다는 말을 정연스럽다로 대체해도 될 정도가 아닌가! 어쩌면 이런 잡생각이 오랜 시간 나를 버티게 해 준 힘인지도 모르겠다.

　커피를 마시고, 케이크를 야무지게 다 먹은 뒤에야 병원 카페

입구에 나타나 두리번거리며 나를 찾는 엄마와 재회했다. 그리고 함께 점심을 먹었다. 밤샘 근무를 하고, 나 때문에 강남까지 달려오셨으니, 엄마가 나를 낳은 죄가 꽤나 무겁다. 그러니 점심은 내가 대접해야 마땅하다.

우리는 또 전철을 갈아타고, 서울에서 가깝고도 머나먼 집으로 돌아왔다. 오늘따라 엄마가 요청하시는 서류 몇 가지를 준비해 드려야 했고, 금융기관 몇 군데에 대신 전화를 걸어드려야 했다. 좀 불친절한 자세로, 엄마의 애로사항을 모두 해결해 드리고서 겨우 침대에 누웠다.

미처 내 몸을 돌지 못했던 약이 뒤늦게 효과를 발휘하는 것 같다. 몽롱하고 깊게 잠에 빠져든다. 몸은 침대 깊숙하게 파묻혀 해가 지고 나서야 나는 깨어날 수 있었다. 그리고 깨어났을 때, 아직 시곗바늘은 8을 가리키고 있었다. 9시를 넘겼으면 밤이라는 생각에 무언가에 쫓기는 기분이었을 텐데, 8시 10분이었기에 아직은 저녁이라고 느껴져 안심이 되었다.

나는 빠르게 욕실로 들어가 머리를 감으며 생각했다. 조각 난 기억들. 오늘은 수면유도제에 지지 않았다며 의기양양했건만, 결국 기억은 조각이 났다. 조각난 기억 앞에 무력한 자신에게, 진정 요법을 쓰는데도 스스로가 멀쩡할 것이라고 기대한 그 오만에 아주 코웃음이 났다. 멀쩡하다고 잘난 척했었는데, 사실 회복실에서 뭐라고 떠들었었는지 이제와서는 하나도 기억이 안 난다. 집에 돌아오는 동안, 전철에서도 많이 잤는지 그 기억도 거의 없다.

시술받은 팔은 꿰매 놓았기에 물이 닿으면 안 된다. 조심히 머리만 감으면서도 또 그 머리 감기를 혼자 하고 있는 스스로가 소름 끼치게 좋았다. 작년에 손목이 부러져서 6주간 깁스를 하고 있을 때도 딱 한 번을 제외하고는 늘 혼자서 머리를 감았다. 나처럼 독립적인 이가 또 어딨을까? 멋지다.

속으로 스스로를 향해 갖은 칭찬을 다 하는 이런 또라이 같음은 내가 손꼽는 나의 특징적인 장점이다. 남에게 들키지만 않으면, 이보다 스스로를 행복하게 하는 일은 없을 것이다. 그리고 이렇게 공개적인 글로 써서 내놓아도 또 나는 그렇게 부끄럽지 않다. 나는 내 자존감이 낮다고, 매일 밤 속으로 엉엉 우는데 생각보다 자존감이 높은가 보다.

사실 투병 10년이 가까워오던 지난가을 무렵부터 오늘에 이르기까지의 1년여 동안 지나친 무기력과 우울감에 사로잡혀 있었다. 혈액검사 결과는 나날이 최악의 수치를 보여주었다. 새로 다니기 시작한 병원에서, 100명이 훨씬 넘는 환자들 중에 최악의 결과로 1등도 여러 번 해보았다. 그 건 몇백 명 중에 성적으로 1등을 하는 것보다도 힘들다고요. 목숨을 담보로 하는 일이니까. 크크크. 그랬던 내가 혼자서 시술을 무사히 받았다는 것만으로, 1년 중 가장 자존감이 높은 밤을 보내고 있다.

나는 이토록 복잡한 사람이다. 누군가는 나를 20년 동안 알아 오면서도 나에 대해 제대로 알지 못했고, 때로는 나조차 나를 이해하지 못할 순간들이 있다. 나는 보이는 그대로의 사람이기도 하고, 결코 그 누구에게도 보이지 않는 면을 가지고 있기도 하다. 어쩌면 당신도 그런 사람일지 모른다. 우리는 평생 스스로에 대해 완전하게 알 수 없을 것이고, 타인에 대해서는 더더욱 알 수 없을지도 모른다.

그러나 누군가에게 나를 소개하고 싶은 순간이 있을 것이고, 누군가를 소개받고 싶은 순간들이 있을 것이다. 그런 호기심들이 결국 우리 삶을 다채롭게 물들일 것이고, 삶은 조금 더 재미있어질지도 모른다.

PART 01

병이 나의 문을 벌컥 열었다

병이 나의 문을 벌컥 열었다

병은 사고와 같았다

거짓말인 줄 알았다. 그래야만 했다. 오진이어야만 했다. 나는 바라고 또 바랐다. 바라는 일은 결국 일어나지 않았지만.

스물다섯이 되었다. 스물다섯, 소리 내어 발음해 보는 것만으로도 이상하게 설레는 그런 나이였다. 스물넷의 나는 그 숫자에 내포된 미지의 설렘과 가능성을 기다렸다. 스물다섯에 내 인생의 새로운 장이 시작될 거라고 늘 믿고 있었다. 설마 그 안에 불행의 장이 숨어 있을 줄은 꿈에도 몰랐다.

몸에 이상이 생기고 처음으로 갔던 응급실은 일산의 모 대학병원이었다. 병원의 신장내과 과장은 중년의 여자였는데, 흔한

성에 이름이 외자여서 아직도 그 이름을 기억한다. 그녀는 입원해 있는 사흘 동안 늘 나에게 화를 냈었다. 물론 의사 입장에서는 병을 받아들이지 못하는 내가 한심하고 답답할 수 있었겠다고 지금은 생각하지만, 당시에는 마냥 야속하게 느껴졌다.

인생에 많은 일들이 사고와 같지만, 역시 사형선고를 받는 순간은 특히나 어딘가에 쾅 하고 부딪치는 것만 같다. 지금은 새로운 국면을 맞이했지만, 아주 오랫동안 나는 아픈 일을 사형선고로 여겼다.

그녀는 나에게 정말 쉽고 가볍게 ESRD라는 사형선고를 내렸다. 온 세계가 무너지는 것 같은 눈빛을 하던 나, 그리고 함께 무너지던 엄마. 멍해지는 것으로 믿을 수 없음, 믿고 싶지 않음을 표현하는 것 외에 그때 우리가 할 수 있는 일은 달리 없었다. "이 아이는 지병도 없고 나이도 어린데 어떻게 갑자기 이런 일이 일어날 수 있는 건가요."라고 묻는 엄마에게 그녀는 이미 ESRD인데 어쩌라는 거냐고, 네들에게 선택지는 없다고, 내일 당장 목을 찢고 카테터 관을 박아서 응급 투석을 시작하라고 말했다.

그 누구도 내게 설명해 주지 않았다. 다만 통보할 뿐이었다. 나는 그러한 정보의 비대칭이 끔찍하도록 기분 나쁘고 싫었다. 엄마 또한 그 성의 없음에 불쾌해하며, 바로 퇴원 선언을 해 버렸다. 아는 의사가 있는 병원으로 갈 거라고 으름장을 놓으니, 과장은 얌전해진 채로 젊은 남자 선생에게 내 환자 차트를 넘기고 병실을 떠났다. 나에게 아픈 일은 처음이지만, 그녀에게 짜증 나는 환자를 마주하는 일은 셀 수 없이 많았겠지. 그러나 그때는 의사라는 직업의 고단함을 이해할 여유 같은 건 내게 없었다.

특이한 경우인 만큼, 퇴원을 앞둔 내게 젊은 남자 선생은 이것저것 내가 겪은 증상들을 나열하게 했다. 그리고 내 팔다리가 부어있는 상태라고 확신하며 증상이 나타난 이후에 체중이 얼마나 늘었는지를 물으며 종아리를 쥐어 보았다. 살을 꾹꾹 누르기도 했다. 투석이 가까워진 신장병 환자들은 대체로 몸이 엄청나게 부어오른다고 했다. 그런데 나는 얼마 동안 제대로 먹지 못해서 체중이 2~3킬로그램쯤 빠진 상태였고, 붓지 않아서 뼈도 잘 만져졌다. 부은 상태면 꾹꾹 누를 때 살이 푹 꺼져야 하는데, 내 피부는 금세 제대로 튀어 올랐다. 그는 내 피부의 탄력성에 고개를 갸웃거렸다.

내 상태에 대한 그의 모든 예상은 빗나갔지만, 어차피 헤어지는 마당에 그에게 내가 당한 이 대형 사고의 모든 증상과 경험을 공유하기로 했다.

대책 없이 퇴원한 것이었지만, 엄마는 그사이에 진짜 대책을 만들어놓았다. 가깝게 지내던 전 직장 상사에게 연락해 사정 설명을 하고 그녀가 알고 있는 최고의 신장내과 전문의를 소개받았다. 그리고 바로 그의 가장 빠른 진료를 잡아두었다. 엄마가 그렇게 전투적이었던 모습은 그 이전에는 보지 못했다.

주말 동안 최고의 신장내과 전문의 중 한 사람이라는 Y 교수님 진료를 기다리며, 나는 동생을 수족으로 써서 최대한 내 증상에 대해 인터넷 검색을 해 보았다. 그제야 퍼즐이 하나둘씩 맞춰졌다. 왜 계단을 오르면서 숨이 찼는지, 왜 내 속이 암모니아 냄새로 가득 찼던 것인지가 모두 분명해졌다. 기억나는 대로 증상을 종이에 정리하기 시작했다. 최고의 신장내과 전문의를 만날 거니까 나도 내 증상과 지금까지 고통을 겪은 과정을 제대로 정리해서 가는 성의는 보여야겠다고 생각했다.

새로 옮긴 한강 이남의 대학병원은 이루 말로 할 수 없을 만큼 친절했다. 담당 교수님도 다정했고, 주치의였던 젊은 여자 선생님도 너무 따뜻했다. 이곳으로 옮기면서 바라는 것이 딱하나 있었다. 정말 스스로 아프다는 걸 뼈저리게 느끼고 있었음에도, 나는 이전 병원에서의 진단이 오진이기를 간절히 바랐다. 하지만 진료실로 들어섰을 때, 너의 두 발로 걸어 들어온 것이 용하다는 교수님의 한마디를 들었던 순간 그 바람은 무너졌다. 그런데도 입원해 있는 동안 처음의 사나흘 동안은 그 바

서른 살이 되지 못할 줄 알았습니다

람을 놓지 못했다. 내 병이 말기가 아닌, 만성이 아닌 급성이어서 단 몇 주의 치료로 낫는 상태라고 재판정되기를 간절히 바라고 또 바랐다.

일산의 그녀가 말했던 카테터 시술은 결국 피할 수 없었다. 교수님을 만나고 난 뒤, 입원을 위해 응급실 구석 어딘가에 침대차와 함께 고정되고 나서 채 한 시간이 지나지 않아 주치의 선생님이 시술 동의서를 가지고 나를 찾아왔다. 그녀는 종이에 그림까지 그려가며, 동의서의 주인공이 어떤 시술인지를 비교적 쉽고 자세하게 설명해 주었다. 따뜻하고 하얀 손으로 시술 과정의 설명을 위해 내 몸에 시술 부위를 직접 짚어 주기도 했다. 그래서 나는 일산에서처럼 멍하니 있지 않고, 정신을 차리고 단번에 주치의 선생님의 설명을 이해하기 위해 애썼다. 수업을 이해하고 있는 학생만이 질문을 할 수 있는 법인데, 질문까지 해 가며 나는 시술에 대해 그렇게 명료하게 알아가고 있었다. 시술 내용을 듣고서 잔뜩 겁먹은 내 눈을 보고, 선생님은 무서운 건 당연하다고 했다. 그렇지만 충분히 견딜 수 있는 일이라고. 그 말에 나는 녹아버렸다. 무서운 건 당연해! 이 얼마나 폐부를 찌르는 따뜻한 말인가? 피하지 않아야 한다는 결심이 섰다.

카테터 시술을 했던 그날, 시술이 끝나자마자 바로 첫 투석을 받았다. 몸 상태가 너무 나빠서 처음에는 이틀 연달아 투석했고, 세 번째 투석까지는 투석 중에 계속 구토를 했다. 부왁! 투석 첫날 엄청난 울렁거림이 오장육부를 훑고 지나갔다. 그럼에도 인공신장실 바닥에 아무것도 쏟아 내지 않고, 구토용 비닐을 요청해 손에 쥐고서야 속의 것을 쏟아낸 나의 절제력을 칭찬한 것이 아프고 나서 마음속으로 한 첫 번째 농담이었다. 이런 일이 일어날 거라고 미리 주의를 받았음에도 공개적인 장소에서의 반복적인 구토는 너무 처참하고 또 비참했다.

내가 먹는 모든 것들이 몸속에 수분과 노폐물로 차곡차곡 쌓이니, 편하게 먹을 수가 없었다. 꼬박꼬박 하루에 세 번 나오는 병원 식사는 혐오스러울 지경이었다. 어차피 투석으로 다 빼내야 하는데 먹는 게 무슨 소용이야. 매 끼니마다 딸려 나오던 우유 한 팩은 정말 폭력적으로 느껴지기까지 했다. 그래서 내 냉장고에는 우유가 차곡차곡 쌓여갔다. 나를 돌봐주러 온 엄마나 동생이 대신 마셔 주어도, 질량 보존의 법칙이라는 마법에 걸린 듯 냉장고는 늘 네댓 개의 우유를 품고 있었다. 가끔 그 이상이 될 때도 있긴 했다.

하도 밥을 잘 먹지 않아서 영양사 선생님이 나를 찾아왔다. 내 식판을 보고 식사에 이상에 있는지 걱정하였다는 그녀에게, 그저 앞으로는 잘 먹겠다고 안심시키는 것 외엔 달리 할 말이 없었다. 사실 식사 자체는 매우 훌륭했다. 물론 그 후 그녀는 설날 점심 메뉴로 청국장을 내놓는 걸로 나를 배신했지만,

나는 원래 청국장을 절대 먹지 않는다. 취향의 문제다. 그런데 그 청국장은 처음에 청국장인지 꿈에도 모를 만큼 아주 향기롭고, 어여쁜 자태로 하얀 쌀밥 위에 부어져 있어서 맛있게 먹었더랬다. 설날이어서 특식으로 덮밥을 준 것인 줄 알았

는데-접시에 밥과 소스가 예쁘게 한 데 부어져 있었다-, 먹다가 이놈의 정체가 덮밥 소스가 아닌 청국장인 것을 알고서 나는 숟가락질의 속도를 서서히 늦추었다. 그리고 차마 청국장을 맛있게 먹을 수는 없다는 요상한 자존심에 먹을 수 있는 양의 2/3 지점에서 먹는 것을 멈추었다. 설날이라고 가족들이 해 온 만두 같은 걸 먹는 사람들 속에서 나 혼자 평소에 먹지도 않던 청국장을 먹게 되어서 솔직히 억울했다. 이식 병동이어서, 특히나 나는 이제 막 투석을 시작한 환자라 아무도 맛있는 음식을 나누어주지 않았다. 저염식에 익숙해져야 하니까.

밥상을 물린 오후에 혼자 커튼을 쳐 두고 매우 서럽게 울었다. 아주 조용하게. 소리 내지 않고, 나는 서러움을 마음껏 토해냈다. 설마 청국장이 부어진 밥 때문에 울고 있으리라고는 그 누구도 생각하지 못했을 거다. 나조차도 내가 미친 줄 알았으니까. 너 지금 청국장 먹었다고 우냐? 아프더니 이제 돌았냐? 청국장을 사랑하는 모든 국민에게 사과하세요!

서른 살이 되지 못할 줄 알았습니다

의지와는 상관없이 모든 과정을 실려 다녔다. 침대차나 휠체어에 실려서 다니는 일이 점점 나쁘지만은 않았다. 그렇게 해도 되는 나의 상황이 익숙했고, 때로는 그 익숙함에 젖어서 망연자실한 환자의 역할에 빠지기도 했다. 그 환자의 역할을 하는 동안, 일단 좌절한 젊은 나는 씻지를 않았다. 나는 아무렇지 않은 것처럼 보이고 싶지 않았다. 병에게 급작스레 치여서 무척 상처받았음을 티내고 싶었다. 쇄골 아래서부터 꿰어져 가슴에 박힌 카테터 또한 나를 한없이 우울하게 만들었다. 그렇게 아픈 상태로 샤워기 물을 맞는다는 건 말도 안 된다고 생각했다. 물론 샤워가 불가능한 상태이긴 했지만, 머리는 감을 수 있었음에도 나는 철저히 좌절한 환자의 역할에 충실했다. 한겨울이니까 그럭저럭 버틸 수 있었다, 씻지 않고도. 혹시나 해서 하는 말인데 다행히 냄새는 나지 않았다. 정말이다.

지금도 잊을 수 없는 건, 그런 더러운 나를 교수님이 매일 같이 쓰다듬어 주셨던 일. 어느 날은 귀염둥이라고 부르고, 또 어느 날은 우리 딸이라고 부르며 교수님은 한결같이 내 머리를 쓰다듬어 주셨다. 실은 내가 어느 대기업 회장의 숨겨진 딸이고 나를 제외한 모든 병원 사람이 그 사실을 알고 있는 것처럼, 그렇게 교수님을 포함한 모두가 친절했다. 그런데 안타깝게도 나는 재벌가의 숨겨진 딸이 아니므로, 그들은 담백하고도 진실한 친절을 내게 베풀고 있는 것이었다.

그 감지 않은 더러운 머리를 매일 아침 회진 때마다 쓰다듬어 주던 어느 날 교수님이 말했다. "우리 공주님, 이제는 머리를 좀 감는 게 어떠니?" 머리를 안 감은 지 열흘째 되는 날이었다. '훗, 나는 공주님이니까. 이쯤 되면 교수님의 지극한 사랑에 못 이기는 척 씻어 주어야겠다.' 떡진 머리가 퍽 부끄러웠던 나는 교수님에게 수줍은 표정으로 고개를 끄덕인 그날 오후에 엄마에게 머리를 감겨달라고 했다.

나는 날마다 병상에 누워 내 병에 대해 검색을 했다. 대체 이 병이 무언지 알고 싶었다. 이 병에 대해 알아갈수록 더욱더 깊은 좌절감에 빠졌다. 결코 나을 수 없는 병이라는 것만이 자명

서른 살이 되지 못할 줄 알았습니다

한 사실이었다. 한 번은 마음을 굳게 먹고 12층 병실의 창문을 힘껏 밀어서 열어보기도 했지만, 거기는 내 머리통이 겨우 통과할 정도의 틈만 존재했다.

입원했던 초반에는 야간에 상태를 확인하러 온 의사 선생님 얼굴이 악마로 보이고, 눈앞에 해골 수백 개가 떠다니기도 했다. 너무 아파서 그렇게 환상을 보곤 했다. 더불어 나를 음해하려는 환청도 들었었다. 그때에 비하면, 환상도 환청도 없고, 병에 대해 알고 싶다는 생각이 깃드는 지금은 비교적 안정적이고 의욕적인 상태라는 생각이 들었다. 그리고 그때 나는 흐릿한 눈으로 은희경 선생님의 소설을 읽고 있었다. 창문은 열리지 않았고, 설령 열리더라도 나는 뛰어내릴 수 없다는 것쯤은 알고 있었다. 나는 그렇게 용기 있는 인간이 되지 못하니까. 책의 결말에도 도달해야 하고, 주말에 무한도전도 보아야 한다. 그래서 웃기로 했다.

주말에는 동생의 부축을 받아 너른 휴게실에 가서 무한도전을 보았다. 조명은 따스했고, 그날 하하가 무척 웃겼던 기억이 난다. 매우 웃기고, 그래서 나는 슬펐다. 나는 아파서 아픈 티를 내야 하는데, 재밌는 건 또 재미가 있었다. 이율배반적이다. 내면에서 이런저런 충돌이 일어나는 상태의 나는 마구 웃으며 뜨거운 눈물을 흘리며 그렇게 무한도전을 보고 있었다. 다음 주에 또 보고 싶다. 그래서 나는 또 한 주를 버텨보기로 했다. 마냥 웃는 것이 좋았다. 그리고 어차피 병실 창문도 안 열리는데, 악착같이 유재석을 실제로 만나는 날까지 살아야지 결심했다.

평일에는 온갖 검사들을 받기 위해 늘 휠체어에 앉은 채 여러 과들로 모셔지곤 했다. 내 발로 움직이지 않는 건 때로 가마를 탄 아가씨 같은 기분이 들게도 했다. 그리고 대망의 동정맥루 수술을 앞두고, 혈관 초음파실에서 난을 그렸다. 동정맥루 수술을 위해서는 가장 혈류량이 좋은 통로를 확보해야 하므로 혈관의 모양새와 속도 등을 모두 팔에 매직으로 상세히 그려야 한다고 했다. 혈관 초음파를 보는 동시에 젤을 닦아낸 팔 위에 매직으로 곡선이 그려지던 순간, 나는 하얀 가운을 입

서른 살이 되지 못할 줄 알았습니다

은 어느 선비의 화선지가 되었다. 문구사에서 파는 기계지 아니고 화방에서 파는 고급 송지 말이다. 그렇게 생각해야 억울함이라도 덜하지.

동정맥루 수술로 동맥과 정맥을 이어서 혈관을 넓혀 놓으면, 이제 다시는 건강했던 때로 돌아가지 못한다. 그렇게 생각하면 팔에 그려놓은 그림이 사람들을 위협하기 위한 용도로 새겨놓은 문신으로 보였고, 나를 살리기 위한 치료를 위한 첫걸음이라고 생각하면 예쁜 난처럼 보였다. 그러나 이것 하나만은 분명했다. 이 팔에 메스를 대 버리면 이 멀쩡했던 팔을 다시는 못 보는 거겠지. 흉터가 생겨서 엉망이 되겠지. 불이 꺼진 병실에서 그날 밤 하염없이 내 왼팔을 어루만졌다. 인생에 그다지 좋은 일도 없었던 왼팔. 짧은 엄지손톱과 손가락이 보기 싫어서 늘 미워했던 내 왼손이 달린 왼팔. 왼팔에게 미안해졌다.

우리의 투병은 이제 시작인데, 대체 어디로 가고 있는 거니. 얼마나 많은 일들이 우리 앞에 있는 거니. 이겨낼 수 있긴 한 거니. 아직은 멀쩡한 내 팔도, 몸속의 어느 누구도 내 물음에 답할 줄 몰랐다. 2012년 1월의 마지막 밤이었다.

서른 살이 되지 못할 줄 알았습니다

아프니까 씩씩하다

지금은 제법 제멋대로 굴고 있다. 물론 더러운 버릇이 남아서 아직도 상대의 표정을 살피며 눈치 보는 일을 하고, 대체로 얌전하게 지내는 편이지만 기분이 좋지 않을 때는 표현한다. 일부러 웃지는 않는다.

음. 아픈 얘기를 시작하면 아마 이 새벽도 모자라 내일도 모레도 나는 아픈 얘기만 줄곧 해댈 것이 뻔하기에 시작하기가 매우 무섭다. 그냥 간단히 말하자면, 나는 25살이 되자마자 ESRD라는 희귀 난치병 진단을 받았다. ESRD라고 말하면 좀 멋있어 보인다고 생각한다. 나 자신은. End-Stage Renal Disease. 말기신장병, 즉 말기신부전. 의외로 너무 직관적이어서 맥이 빠질 정도의 병명인데 말이지.

서울 혜화역 일대의 꽤 많은 내과들을 도는 것이 투병 역사의 시작이었고, 그 어느 곳에서도 내 상태를 정의 내리지 못했다. 쓸데없는 장염 주사 따위를 아프게 맞았던 기억(나는 장염이 아니었으니까 그 주사는 실로 쓸데없는 것이었다), 나는 네 병명을 모르겠으니 돈 내지 말고 그냥 가라고 말하는 선생님도 있었다.

그렇게 흐르고 흘러 나는 우리 동네 내과에 이르렀다. 아주 오래된 시골 동네의 내과의원, 연륜이 있는 할아버지 의사 선생님. 내 얼굴을 보시더니 대뜸 눈꺼풀을 까서 눈알을 살피시며 "야, 너 애가 누렇게 떴다. 황달 끼가 보인다." 하시더니 초음파를 보자고 하신다. 튼튼하진 않아도 크게 아파본 일이 없는 나로선 '초음파를 해야 한다니 이 무슨 변고인고' 싶었다.

그런데 의외로 초음파라는 것이 그냥 차가운 젤을 바르고 초음파 기계를 복부 위에 문지르는 간단한 일이어서 변고까지는 아니구나, 하고 웃었던 기억이 난다. 물론 어느 지점에서 선생님이 초음파기를 복부에 굉장히 세게 밀착시키셔서 '아야!'하는 추임새가 간간이 나긴 했지만. 확실히 초음파 검사는 무지한 나의 상상과는 달리 무섭거나 아픈 일이 아니었다.

"초음파 비용을 포함해서 병원비는 받지 않을게. 너 신장이 이상해. 어머니! 어차피 일은 벌어졌어요. 원래 초음파로 장기를 보면 이게 피가 돌고 있으면 까맣게 보여요. 근데 얘는 신장만 새하얗게 나와. 내가 정확히 뭐라고는 말을 못 하겠고 큰 병원에 가야 해요. 근데 이미 일이 다 벌어져서 오늘 가든 내일 가든 매한가지야. 그냥 집에 있다가 연휴 끝나면 병원에 가봐요. 내가 해 줄 수 있는 게 없어."

명의다. 나는 지금도 그분이 명의라고 생각한다. 내가 만나 본 의사 중 최고의 명의 3인에 당당히 존함을 올리실 분이시다. 진짜 선생님 말씀대로 내 신장은 피가 통하지 않아, 이미 사망하셨다.

아픈 그 순간부터 내 마음은 야들야들해졌다. 내가 한우 꽃등심도 아닌데 말이지. 물론 아주 어릴 때부터 착한 아이 콤플렉스를 가지고 있었다. 나는 본디 그런 인간이었으나 아프고 나서는 정말 이루 말할 수 없이 야들야들한 인간이 되어 버렸다. 내세울 것 하나 없었던 나는 그 길로 유쾌한 환자가 되기로 결심했다.

　사실 괜찮은 척해야만 했다. 신장이 망가진 줄 모르다가 마지막 순간에서야 병원에 갔던 나를 Y 교수님은 놀라워했으니까. "너 어떻게 네 발로 걸어왔니?" 이내 내 옆에 선 엄마에게로 시선을 옮기며 교수님은 설명을 이어갔다. "어머니, 애 수치를 보고 깜짝 놀랐어요. 스스로 걸어올 수 있는 수치가 아니야. 이 정도면 코마에 빠져서 실려서 왔어야 해. 지금 제 발로 걸어 들어와서 나랑 얘기할 수 있는 상태일 수가 없어요."

　살면서 엄마 속을 그렇게 썩여 본 일이 없는 것 같다. 물론, 이건 나만의 착각일 가능성이 농후하지만. 교수님에게서 내 병에 대해 듣던 순간 사색이 되었던 엄마를 잊을 수 없다. 나는 지금부터 엄마 속을 썩어 문드러지게 할 딸 등극이다. 그래서 나는 아파도 괜찮아야 했다.

뭐가 뭔지도 모르고 그냥 위중한 상태라는 얘기를 듣고 바로 신장 중재실로 끌려가서 가슴에 카테터 관을 박았다. 그 순간 나 자신이 짐승처럼 느껴졌었다. 모든 것이 내 의사와는 상관없이 이루어지고 있었다. 나는 모든 것을 선택할 수 있었던 한 인격체에서 그저 침대차에 실려 이리저리 옮겨 다니고, 시술실에 끌려 들어가서 내 몸에 꿰어지던 카테터의 이질감을 전신으로 느끼고 있는 생물일 뿐이었다.

그리고 응급실 어느 구석에 침대차 째로 주차되어 있다가 병실로 올라갔다. 강남 한 복판에 있던 그 병원 12층 병실에서 열흘간 했던 일은 머리를 감지 않는 일. 그때는 제정신이 아니었으므로 대체 이 병이 무엇인지 열심히 데이터를 써 가며 검색을 해볼 뿐이었다. 검색을 하면 할수록 늘어나는 건 한숨과 절망뿐. 아, 나는 이제 끝났다. 앞날이 보이지 않는 병이었다.

"니 중학생이가, 고등학생이가?" 진주에서 올라온 아주머니가 나에게 물었다. 그때의 나는 좀 어려 보였었다. 화장기가 없이 뿔테 안경을 낀, 키도 덩치도 작은 애가 평소의 내 모습. 아마 그때의 나는 그냥 키도 덩치도 작은 어린애였을 거다. 씻지 않아 더러운 작은 애 정도. "니같이 어린 아가 장기이식병동에는 와 와가 있노?" 그런 관심을 받고 그제야 정신이 들었다. 그분의 목소리에 진심이 묻어났었더랬다. 진심으로 안타까워하는 그 마음. (본인은 동생에게 신장 공여를 받으셨다며 이런저런 정보들을 보호자인 엄마에게 일러주시곤 했다.)

어차피 나는 이 병을 벗어나지 못한다. 그렇다면 적어도 엄마를 비롯한 모든 사람에게 아프지만 씩씩한 모습을 보여줘야지, 싶었다. 씩씩해지기란 참 힘들었지만, 너무 초라했지만 적어도 병에 지는 것 같은 모습은 보이지 않기로 했다. 지금은 생각도 나지 않는 실없는 농담을 장기이식병동 간호사님들한테 했었고, 한 달 가까이 입원해 있던 대학병원을 나와 일반 내과의 인공신장실로 옮기게 되었을 때, 초기의 적응 과정 이후에 나는 아주 씩씩해졌다.

어딜 가나 나는 시선 집중이었다. 내과의 인공신장실에 들어서니 모두 나를 뚫어져라 보았다. 이 병의 특성상 나이 드신 분들이 병상의 대부분을 채우고 있었다. 그분들이 나에게 집중하면 나는 속으로는 미칠 것 같으면서도 웃어 보였고, 말이라도 걸라치면 매우 친절하게 응대했다. 누가 보면 영업 나온 줄 알았을 거다. 그런데 그게 편했다. 어르신들만 있는 환경에서 괜히 모난 돌처럼 보여서 좋을 일은 없었다. 어르신이나 보호자분들은 나만 보면 그렇게 신기해했다. 전혀 아파 보이지 않는다고. 누가 너를 투석 환자로 보겠느냐고. 나는 생긋 웃어 보였다. 그들은 처음에는 나를 낯설어했고, 궁금해했고. 때로는 자신들 나이의 반도 안 되는, 내 새끼보다 어린 자그마한 여자애가 안타까웠다. 어느 순간 나는 그들에게 그런 애가 되어있었고, 나는 그렇게 씩씩한 모습으로 애써가며 아팠다.

집에서도 아픈 티는 내지 않았다. 물론 나는 아프다. 그러나 살아 있었다. 사실 버거운 병이어서 혼자서는 병원을 오가지도 못하지만. 병원에 동행해 준 동생이 고마워서, 본인이 잘못 낳아줘서 병에 걸렸다고 생각하는 엄마에게 미안해서 나는 아무렇지 않은 척했다.

　나는 그때까지 사랑 한번 해 보지 못한 스물다섯이었다. 갑자기 생경한 병이 나를 집어삼켰잖아. 내 삶의 모든 가능성이 끝나버렸잖아. 괜찮을 리가. 절대 절대 괜찮을 리가 없지. 씩씩하게 웃을 수 있을 리가 없지. 하지만 몇 년간 나는 씩씩함에 취해 살았다.

　그렇게 아픈데도 씩씩하다니, 대단해. 멋있어. 그 말들에 취해 살았다. 나는 그렇게 고장 나고 있었다.

욕하는 투석환자

스트레스는 만병의 근원이에요

나는 아프기 전에는 욕을 못 했다.

첫 욕은 학교에서 배워왔다. 초등학교 5학년 시절, 희대의 악동이었던 C군으로부터. 그는 원래 화가 많았던 건지, 환경적 요인 때문인지 하여간 욕을 겁나게 잘했다. 말 그대로, 겁이 날 만큼 욕을 했다. 복도를 지나다 C군이 욕하는 소리를 들었는데, 생전 처음 듣는 말에 머리칼이 바짝 서는 한편 고막이 활짝 열렸던 기억이 난다. C군의 욕은 너무도 위협적이었지만, 일단 그 욕의 대상은 내가 아니었으므로 고막으로 그의 욕을 담뿍 흡수했다. C군은 대체 어디에 그렇게 화가 났던 것일까?

그는 주로 권력에 도전하는 인간형이었으며, 권력에 도전하고 있는 그 자신을 나타내는 지표는 언제나 욕이었다. 이게 무슨 의미냐면, 대체로 어른들에게 욕을 했다는 말이다. 절대 얌전히 길을 가는 나 같은 어린양을 붙들고 욕을 시전하지 않는다는 점에서 그는 굉장히 분별 있고 이성적인 욕쟁이였다. C가 가장 많은 욕을 퍼부은 대상 1호는 나의 담임인 그녀였고, 그 점에서도 C는 영웅적 면모를 가지고 있었다. 그녀가 차별과 막말의 대가거든. 차별과 모욕을 다른 반 학생에게까지 고루 나눠주는 걸 보면 그녀는 참으로 공평한 교육자로서의 자질을 갖추었다고 할 수 있겠다.

어쨌든 그날 춘화를 훔쳐보는 도령의 마음으로 그 욕을 찬찬히 듣고, 집에 가는 길에 속으로 되뇌었다. 속으로 따라 하면서도 뭔가 망설여지고 두렵지만 내뱉고 나면 짜릿한 느낌이 있었다. '걔가 뭐라고 했더라? ×××? ×××?' 처음 듣는 단어다. 그래도 그날 집에 와서 그중 가장 멋있었던 단어로 엄마에게 들려드렸다. 그의 욕은 뭔가 쿨한 맛이 있었다. "엄마 이거 들어보세요. 오늘 C가 뱉은 단어예요. ×××." 엄마는 거품을 물고 쓰러지셨다. 후에 들은 얘기지만 엄마도 그날 그 욕을 처음 들어봤다고 한다.

서른 살이 되지 못할 줄 알았습니다

25살의 투석 환자로 사는 것은 지나치게 우울한 일이었다. 처음에는 오른쪽 가슴에 투석을 위한 카테터 관과 피스톤 주사를 함께 꽂고 있었다. 관의 일부는 대동맥에 연결되어 있고 일부는 밖으로 나와 가슴에 꿰어져 있었다. 그리고 그걸 달고 있으니 자연히 등이 굽었다. 등을 쭉 펴면 꿰매 놓은 실밥이 같이 당겨져 매우 아프기 때문에 카테터 관을 달고 다니던 3~4개월 동안, 나는 한 마리의 새우가 된 양 그렇게 숙이고 살았다. 그렇게 매사 겸손할 수가 없다. 밤에 자려고 눕는 것도 편치 않았다. 그러니 겸손해질밖에. 나 혼자 눕는 것은 꿈도 못 꾸고, 동생이 내 등을 받치고 있으면 그 팔에 의지해 체중을 싣고 천천히 베개까지 안착한다. 자다가 자세를 바꾸는 것도 불가능하다. 뭐, 바꿀 수야 있지. 앓는 소리를 엄청나게 내고, 관을 꿰어놓은 실이 팽팽하게 당겨지는 고통을 감내하기만 한다면야.

병원에 가면 파티션을 친 상태로 상의 단추를 다 풀어헤치고 가슴을 연다. 그 상태로 소독을 하고 네 시간 동안 투석하고, 투석 중에는 옷을 대충 덮어 두었다가 후에 붕대랑 테이프를 갈곤 했다. 아무리 파티션을 친다고 해도 나는 소녀인데, 늘 열린 가슴으로 산다는 건 굉장히 끔찍하고 주눅 드는 경험이었다.

그럼에도 그때는 굵은 바늘을 꽂는 고통이 없다는 것이 좋았다. 사는 걸 견딜만하게 해주는 한가지였다. 바늘을 꽂을 때마다 저마다의 소리를 내는 환자들 사이에서 소리를 내지 않는 건 나뿐이었다. 정맥과 동맥을 잇는 동정맥루 수술을 해 두었고, 그 혈관이 충분히 자라서 신호를 주어야만 팔로 투석을 할 수 있었다. 병원에서 시키는 대로 매일 밤, 손으로 공을 꾹 쥐었다 풀기를 반복했다. 그렇게 하면 수술해 둔 혈관이 튼튼하게 자라서 그 혈관으로 투석을 할 수 있게 되기 때문이다.

시키는 건 또 잘해서 그 덕분에 드디어 바늘을 꽂게 되었을 때 나는 수 선생님을 기함시켰다. "한 주만 더 카테터로 투석하면 안 돼요? 바늘은 무서운데..." "카테터 관으로 투석을 더 이어가면 염증도 생기고 큰일 나. 카테터 관은 소모품이라 주기적으로 갈아야 하는 거야. 너 또 대학병원에 가서 새로 시술

서른 살이 되지 못할 줄 알았습니다

받아야 하는데 그게 좋아? 이미 팔에 혈관을 만들어 놨는데 이 무슨 황당한 소리니." 그때의 나는 바늘이 더 무서웠다. 진심으로. 그런데 카테터 관을 처음 끼울 때의 느낌이 생생해서, 관 끼우는 것을 다시 해야 한다고 했을 때 솔직히 멈칫하긴 했다.

카테터를 단 상태로 혼자 병원에 다니는 것은 무리였으므로, 병원 어르신들하고 같이 병원차를 타고 다녔다. 근처에 사는 사람들끼리 조를 짜서 그 루트로 병원 실장님이 한 바퀴 돌아서 병원에 데려다주시는 식이다. 유치원 차를 타는 것과 비슷하다. 그 차에 타고 있는 사람들이 대체로 알츠하이머병을 앓고 있는 투석 환자라는 것을 제외하면 말이다. 그래서 차를 타는 내내 우울했다. 갑자기 내가 70살쯤 된 기분.

7×세 재호 할아버지. 평소에는 조용히 묵례만 하고 차를 타시는 점잖은 분이, 가끔 정신을 놓으시면 "제가 방금 베트남 전쟁에서 돌아왔어요." 그렇게 말씀하셨다. 왜 그날에 멈춰계신 걸까? 물론 갑자기 50년이나 나이를 먹어버린 나는 화가 난 상

태라서 처음에는 말씀을 받아 드리다가 나중에는 할아버지 얘기가 안 들리는 척하고 창밖만 봤었다. 나를 볼 때마다 처음 본 양 그 말씀을 하시니까 별로 상관도 없을 거라고 생각했다. 나는 그때 내 상처가 제일 크고 무서웠다.

그럼에도 그 차를 타고 오갈 수밖에 없었던 것은 신장만 고장 난 것이 아니라, 눈도 고장 났기 때문이었다. 진단명은 고혈압성 망막박리. 눈앞에 뿌연 막이 세 겹쯤 씌워져 있는 것 같은 상태였다. 눈이 안 보이는 건 아닌데, 보이긴 하는데 안 보인다. 아픈 건 결코 간결하지 않다. 이것저것 덕지덕지 붙어서 감당이 되지 않는다. 씩씩해지려고 했는데, 아무것도 없이 간결하던 청춘에 이런저런 진단명을 붙이고 나니 정말 이루 말로 할 수 없이 얌전해지고 말았다.

그즈음의 나는 혼자서는 아무것도 할 수 없었다. 어린 동생이 70살이 된 나의 보호자가 되었다. 이른 아침에 같이 깨어나서 동생은 가방에 책과 소지품을 챙긴다. 나와 같이 병원에 가

서른 살이 되지 못할 줄 알았습니다

서, 내가 치료를 받는 동안 동생은 보호자 대기실의 할머니들 틈바구니에서 책을 읽거나 티브이를 보았다. 무려 네 시간이 넘게. 그 중간에 내가 문자를 보내면 물도 가져다주고 사탕도 가져다주고 심지어 침대 머리도 올려주었다. 그리고 병원에서 점심을 먹고, 다시 아침에 함께 왔던 출근 조 구성 그대로 왔던 길을 되돌아간다. 아침에 병원차를 제일 먼저 탔던 동생과 나는 내릴 때는 제일 늦게 내린다.

신장이 고장 난 상태에 눈도 고장 나니, 씩씩해지기는 커녕 자연히 마음까지 고장 났다. 다행히도 나와 같이 차를 타고 다니는 분들은 모두 말씀이 없으셨고, 보호자인 할머니 한 분이 계셨는데 인자한 인상이 우리 외할머니 같았다. 늘 누나의 보호자로 온 동생을 칭찬하셨고 다정하게 대해주셨지만, 나를 보고 수군거리는 다른 사람들의 소리와 시선은 충분히 느껴졌다. 그래도 옆에 키 크고 덩치도 큰 보호자가 계속 같이 다니니까 말을 붙이는 사람이 별로 없었고, 덕분에 편하게 다녔다. 하지만 4개월쯤 지나니 이 보호자도 점점 지치는 것이 보였다. 긴 병에 효자 없다는 말이 맞았다. 더군다나 동생은 내 아들이 아니니까 효자가 되어서도 안 되고.

환희에 찼던 그날을 나는 잊지 못한다. 투석을 받는 네 시간 동안 깨어 있는 건 사실 사람이 할 짓이 못 된다. 그러나 낯선 환경에서 쉬이 잠들지 못하는 나는 그 시간을 온전히 깬 상태로 보냈다. 멍하니 누워 눈을 이리저리로 굴리다가 이상한 광경을 목격하였다. 뿌옇던 세상의 디테일이 보이기 시작한 것이다! 늘 멍하니 보던 병원 천장의 하얀 돌기가 보인다. 오돌토돌. 시곗바늘이 움직이는 게 보인다! 아니 초침이 움직이는 것까지 보이잖아? 아프고 나서 처음 보는 광경이다. 너무 좋아서 눈물이 났다. 뜨거운 것이 목구멍에서 자꾸 올라 찼다.

70살 노인 이정연의 보호자는 오늘은 병원에 따라오지 않으셨다. 집 앞이 아닌 동네 어귀에서 혼자 내렸다. 거의 반년 만에 환한 세상을 구경하며 걷는 기분은 말로 표현할 수 없으리만치 황홀했다. 나는 개안했다!

서른 살이 되지 못할 줄 알았습니다

대학병원에 입원해 있던 때, 안과에서는 말했다. 아무것도 해줄 수 없다고. 시력이 돌아오기를 기다려야 한다고만 했다. 사실 고혈압성 망막박리라고 진단받기까지도 꽤 시간이 걸렸다. 흔한 경우는 아닌 듯했다. 입원 중 안과 진료를 잡는 일 자체가 무척 힘들었고, 세 번째 진료를 받았을 때에야 정확한 진단명을 들을 수 있었다. 혼자 망막박리에 대해 검색하고는, 절망했었다. 일반적으로 망막박리는 시력을 잃는 질병이었으니까. 물론 나는 혈압이 급작스레 오르며 눈에 혈관들이 터지면서 망막박리가 생긴 경우라 일반적인 결말은 맞이하지는 않는다고 했다. 그러나 그 말만 듣고 안심하고 기다리기란 힘들지. 진단명이 너무 무겁잖아.

물론 난 좋은 환자는 아니었다. 전체적으로 시야가 뿌옇고 좁았으며, 몇몇 지점에서는 생활하기 불편할 만큼 문제가 있었는데도 할 일이 없어서 책을 읽었다. 그냥 하얀 것은 종이요, 까만 것은 글자인데 나는 책에 코를 박듯이 책을 읽곤 했다. 물론 쉬이 피로해져 길게는 읽지 못했지만.

어쨌든 개안도 했겠다, 이제 투석을 한다는 사실 외에는 멀쩡해졌다. 70살에서 다시 25살에 조금 가까워진 기분이 든다. 가슴이 두근두근. 보호자 동생님은 "그럼 누나 이제 혼자 다닐 수 있지? 나도 할머니들 사이에 끼어 네댓 시간씩 있는 거 힘들어. 다들 말을 많이 걸어오셔서 대답하기도 지쳐..." 도비는 자유예요. 동생을 해방시켜 주었다.

나는 개안한 이후로 종종 집 앞이 아닌 동네 어귀에 병원차를 세워 달래서 걷기 시작했다. 걸으며 꽃도 보고, 그날의 공기도 느꼈다. 별것 아닌 일상이 매우 크고 소중했다. 그리고 그때부터 욕을 시작했다. 당시 살던 곳은 집들이 드문드문 있는 시골 동네. 논밭이 있는 정겨운 길. 사람을 마주칠 일이 없으니 나는 그 길에서 그 시절의 C가 빙의된 듯 쌍욕을 발사했다. 병원에서 마주치는 모든 시선과 말들이 스트레스여서 집에 오는 길에 나는 그런 식으로 스트레스를 풀었다.

치료가 끝나고 대기실 소파에 앉으면, 몇몇 할머니들은 말했

서른 살이 되지 못할 줄 알았습니다

다. 네가 구원을 안 받아서 병에 걸린 거야. 예수님을 믿어, 그러면 병 나아. 싱긋 웃고는 슬며시 자리를 피했다. 그냥 병원 복도에 있는 벤치에 앉아서 집에 가는 차를 기다렸다. 이런 상황에 쌍욕이 안 나오고 배겨? 쌍욕은 속으로 할 때보다 입 밖으로 내뱉을 때 효과가 컸다. 나는 골목길을 걸으며 쌍욕을 내뱉고 마음속 화도 덜어냈다.

말기 신부전 환자의 45퍼센트는 당뇨, 20퍼센트는 고혈압이 원인이 되어 투석까지 이르게 된다. 나는 그 어느 쪽에도 해당되지 않았다. 신우신염도, IGA신증도 아니었고, 루푸스가 발병해 신장이 망가진 경우도 아니었다. 내 진단서에는 '원인 불명'이라고 쓰여 있다. 나는 스트레스가 원인이었으리라 생각한다. 애초에 혼자 소리나게 욕하는 취미가 있었더라면, 나는 아프지 않았을 거라고 가끔 농담처럼 말한다.

최초의 투석 환자

아프고 나서 내가 한 일 중 하나는 내가 아프다는 사실을 사람들에게 알리는 일이었다. 옛말에 병은 소문내야 낫는 거라고 했다. 그래서 나는 사람들에게 아프다는 사실을 알렸다. 낫는 병도 아닌데 그때는 왜 그 말을 따랐는지 모르겠다.

그런데 대부분의 사람들이 내 병이 무엇인지 선뜻 이해하지 못했다. 표정과 말투에 곤란함이 묻어났다. 그들이 아는 나는 건강했으니까. 왜 갑자기 이런 생소한 병에 걸린 것일까? 그들의 물음표에 나는 딱히 명쾌한 답을 내놓지 못했다.

수많은 친구 중 단 세 명만이 내 병에 대해 알았는데, 그중 한 명은 간호사여서였고 나머지 두 명은 집안 어른 중 투석 받는 분이 계셔서였다. 물론 내 병을 온전히 이해하기 어려운 건 그 친구들도 마찬가지였겠지만 말이다.

서른 살이 되지 못할 줄 알았습니다

내가 아프다는 사실은, 대체로 사람들에게 껄끄러운 일이었다. 그들은 나를 불편해했다. 지금 와서 생각해 보면, 아마 희귀 난치병이라고 하니까 달리 위로할 말을 찾지 못했던 것도 같다. 사람들에게 모르는 일은 때로 불편한 일이 되고, 불편한 걸 좋아하는 사람은 없으니까. 불편한 자리는 이내 피하고 싶어 하는 법이니까. 그렇게 모두 빠르게, 혹은 서서히 내게서 사라져 갔다. 아프다는 사실은 모든 사람을 전복시켰다.

1990년대 당시, 살던 동네에 치킨집이 있었다. 키가 아담하고 재빠르고 부지런했던 인상 좋은 주인아저씨는 친절하고 따뜻한 분이어서, 특별히 가까운 사이가 아니었어도 내가 참으로 좋아하는 어른이었더랬다. 아저씨네 치킨집은 내외가 함께 꾸려가는 곳으로, 칠성동 어느 대로변에 자리했다. 우리 집과 가까워서 운동회 전날에는 엄마 손을 잡고 가서 다음 날 아침의 치킨 두 마리를 예약해 두곤 했다. 설레는 운동회 날 아침, 아저씨는 늦지 않게 치킨 두 마리를 가지고 우리 집 현관문을 두드리셨다.

나는 원래 달리기엔 관심도 없고 잘하지도 못해서, 운동회에는 큰 설렘이 없었다. 일단 이른 아침에 갓 배달된 치킨 한 조각을 훔쳐 먹으러 주방에 숨어드는 것이 나만의 운동회 준비운동이었다.

휴일이 따로 없이 바빴던 아버지는 거의 집에 계시지 않았고, 엄마와 나 동생은 꼭 3인 가족인 양 우리만의 루틴을 갖고 있었다. 휴일에 종종 아저씨네 치킨집의 찜닭을 배달해 먹는 일이 그것이었다. 1990년대의 그때, 만 천 원짜리 찜닭 한 마리를 주문하면 채소를 먹지 않는 어린이들도 기꺼이 매콤한 국물 맛이 담뿍 밴 채소와 닭고기를 잘 건져 먹었다. 초등학생이었던 나조차도 그 찜닭의 비법이 무엇인지 궁금해할 만큼, 아저씨의 찜닭은 적당한 매콤함과 극한의 감칠맛에 국물의 농도도 적절했다. 국물에 밥을 쓱쓱 비벼서도 먹고, 거의 대접에 코를 빠뜨릴 정도로 몰두해서 먹었던 그 찜닭.

가끔 포장하거나, 운동회와 같은 행사 때 이른 시간의 배달주

서른 살이 되지 못할 줄 알았습니다

문을 부탁드릴 때 자주 엄마를 따라 아저씨네 치킨집에 갔다. 우리 아버지보다도 연세가 많으신, 큰아버지뻘쯤 되는 아저씨의 미소는 언제나 푸근했다.

그런 아저씨에 비해 아주머니는 왠지 모르게 항상 얼굴이 어두우셨었다. 때론 화가 나신 게 아닌가 할 정도의 표정이었다. 주문 전화를 걸어도 대부분 아저씨가 받으셨고, 배달도 늘 아저씨가 다니셨다. 치킨집에 가보면 아주머니는 주방에서 설거지를 하고 계셨다. 아주머니에 대한 기억은 뿔테 안경을 낀 평범한 인상의 중년 부인이라는 것뿐. 그 언젠가 내가 인사드렸을 때 아주 희미하게 웃어주셨던 얼굴만이 흐릿하게 남아있다.

그러던 어느 주말, 아저씨가 우리 집에 찜닭을 가져다주시면서 "이번이 마지막으로 가져다드리는 찜닭이 되겠어요~"하며 웃으셨다. 그리고 그날의 그 찜닭 값 만 천 원을 받지 않으셨다. 그동안 많이 찾아주셔서 감사했다고, 마지막 선물로 더 정성 들여 만들었노라 하셨다. 그리고 엄마 옆에 멀뚱히 선 내 머리를 다정하게 쓰다듬어주시고 가볍게 묵례를 하시고 계단을 내려가셨다. 아저씨의 색이 바랜 하얀 운동화가 오래도록 기억에 남았다.

그때의 난 초등학생이었다. 아저씨네가 사정이 생기셔서 치킨집을 그만하신다는 얘기만 남았지, 그 이유가 무언지는 전혀 떠오르는 바가 없었다. 엄마가 닭볶음탕을 맛없게 하는 날, 제법 자라서 밖에서 친구나 선배들과도 닭요리를 사 먹게 된 학생 시절 늘 아저씨의 찜닭이 생각났다. 아저씨네 가게에는 닭볶음탕이 찜닭으로 표기되어 있어서, 진짜 맛있는 닭 요리에만 붙일 수 있는 명칭이라도 되는 듯한 그 단어가 너무 좋았다. 나에게 찜닭은, 맛있는 끓인 닭은 아저씨네 찜닭 하나뿐이었다. 아직도 그보다 맛있는 닭 요리는 먹어보지 못했다. (엄마, 미안해요...)

2012년 1월. ESRD 진단을 받고, 익숙하지 않은 치료에 입맛을 잃은 채 지내던 그때 아저씨의 찜닭이 떠올랐다. 그 얘기를 하니, 엄마와 동생도 최고의 찜닭이었다고 말하며 웃었다.

서른 살이 되지 못할 줄 알았습니다

아저씨네는 어디에서 어떻게 살고 계실까, 문득 궁금해졌다. 다음 순간, 엄마가 머리에 무언가 맞은 듯한 표정으로 말했다. "그때 치킨집 아저씨네... 아주머니가 투석해야 한다고 했어." 응? 그게 무슨 말이에요? "그때 치킨집 문 닫는다는 얘기 들은 이후 동네에서 아저씨를 만났는데, 아주머니가 많이 아파서 투석을 해야 한다고 하시더라. 그래서 급하게 집이랑 가게랑 다 팔았다고 하셨는데... 엄마는 그때 투석이 뭔지도 잘 모르고 그냥 많이 편찮으시구나... 하고 말았지 뭐야. 근데 네가 아프니까 이제야 그때 아주머니 병이 신부전이었다는 게 떠오르네. 사람은 참 간사하다. 자기가 겪기 전에는 모르나 봐..."

사정을 얼추 들었던 엄마도, 오랜 세월이 흘러 내가 아주머니와 같은 병으로 투병하게 되어서야 그 기억을 떠올렸다. 나에게 닥치지 않았다면, 우리는 모르는 채로 잊은 채로 그렇게 계속 살아갔겠지.

아저씨와 아주머니가 건강하게 어딘가에 살아 계신다면 좋겠다. 벌써 20년도 더 전의 일이라, 그때는 치료비도 엄청 비쌌을 테고, 치료 기술도 지금에 비하면 무척 달렸을 테니까 아주머니가 아저씨 곁에 계시지 않을 가능성이 더 높을 것 같다. 오늘날 나의 신장실 영감님들도... 의료기술이 많이 발전했음에도 참 많이들 돌아가셨으니까. 그럼에도 두 분의 현재를 가능성으로 따지기보다는 희망을 잔뜩 넣어 상상하고 싶다.

이상하고 쓸쓸하다. 내 인생 최초의 투석 환자는 내가 아니었다. 부디 아주머니가 투석 치료를 잘 버티고 계시다 기적적으로 신장이식을 받아서 건강한 모습으로 아저씨와 웃으며 잘 살고 계시기를 바랄 뿐이다.

투석 환자의 두 가지 결정

2012년 1월 17일. 나는 이날을 투석 환자로서의 공식적인 첫날로 기억한다. 내가 아는 한 가장 유명하고, 유능한 의사가 다정함과 단호함을 섞어 나의 희귀 난치병을 공식적으로 인정한 첫날이기 때문에, 나는 늘 모든 일의 기준을 저 날로 잡곤 한다.

예전에 공효진과 차승원이 나온 드라마를 엄청 좋아했었다. 눈물을 흘리면서 봤었는데, 그 언젠가 티브이 채널을 돌리다가 그 드라마와 마주쳐서 잠깐 멈추어 놓고 봤다. 벚꽃이 휘날리는 장면이었다. 눈물이 흘렀다. 그 시절의 내가 저 장면을 보며 느꼈었던 모든 감정이 되살아났다. 그때 나는 하염없이 구애정과 독고진의 감정에 젖어 들었었다. 대체 언제 적 드라마인가 검색해 보고 나서야 -무려 2010년 드라마였다-, 멍청하게 사랑을 꿈꾸던 그때의 나는 건강했었기에 그럴 수 있었구나 싶어서 씁쓸해졌다.

ESRD. 말기 신부전 5기. 그런 나에게 가장 먼저 주어진 선택지는 살 것이냐, 죽을 것이냐였다. 선택하기도 전에 여기저기 실려 다니며 가슴에 카테터 관을 삽입하고, 첫 투석도 받고 별일이 다 벌어졌지만, 그래도 죽음과 삶은 그때도 지금도 나의 선택이라고 생각한다. 사실 나는 처음에 죽으려고 했었다.

밤이 되어도 강남 한복판에 있는 대학병원은 사람이 많았다. 내가 있던 12층은 이식 환자들이 있는 이식 병동이어서 밤이 되면 서로 간(내장 기관인 간장 맞다)을 주고받은 부부가 회복을 위해 디근자 복도를 함께 걸었고, 시간이 늦도록 나처럼 디근의 허리춤에 있던 소파에 앉아 있는 환자들이 많았다. 분명 모두 생각도 마음도 복잡했으리라. 병실은 넓었고, 내 침대는 창가였지만 누워있으면 늘 가슴이 갑갑하고 뜨거워서 터질 것 같았다. 그래서 자주 병실 밖 소파에 앉아서 강남의 야경을 한참이나 바라보곤 했다.

내 발밑은 한없이 빛나고 있었다. 그리고 그 빛들 위에 서 있는 나는 지옥을 느끼고 있었다. 그 사실이 너무도 불합리하게 느껴졌다. 세상은 스물다섯인 나를 내동댕이쳤는데, 저마다의 불빛 속에서 얼마나 많은 사람들이 행복에 겨워 웃고 있을까? 앞이 보이지 않았다. 그리고 그때는 정말(신장이 망가지면서 상승한 혈압 때문에 고혈압성 망막박리가 와서) 눈앞도 제대로 보이지 않았다.

살고 싶지 않았다. 죽을까? 살까? 사실 죽으면 너무도 깔끔할 것 같았다. 스물다섯. 스물다섯의 나이에 죽으면 꽤 아름답게 사람들의 기억에 남을 수 있을지도 모른다. 나를 알고 있는 모든 사람들의 기억 속에 순수한 소녀의 얼굴로, 애틋하게 남을 수 있다. 구차하게 무거운 병을 안고 살고 싶지 않았다. 그러나 병실에서는 죽을 방법이 없었다.

병실은 12층. 창문을 하염없이 바라보았다. 저 창문을 열고 뛰어내리면, 나는 보지 못하겠지만 아마 내 기사가 한 줄은 나겠지? 아니야. 병원 측이 대외적 이미지 손상을 우려해서 기사를 막으려나? 입원환자가 뛰어내렸다고 하면 병원 측 관리 소홀이라며 비난을 받을 수도 있으니까. 머릿속에 별의별 생각이 다 스치다가 어느 순간 결심했다. 12층이니까, 분명 깔끔하게 죽을 수 있을 것이다. 나를 돌봐주는 사람이 아무도 없던 낮 시간에, 나는 벌떡 일어났다. 결심했을 때 실행해야 한다. 병실도 조용하니 나를 말릴 사람은 아무도 없다. 링거대를 꽈악 잡고 슬리퍼를 신고서 창가로 다가갔다. 스물다섯까지 그래도 용케 살았네. 그동안 고생 많았다. 결국 병든 채로 죽을 줄은 몰랐지만, 나쁜 짓 안 하고 지금까지 착하게 살았으니까 죽어서는 지옥에 안 갈지도 모르겠네? 손아귀에 힘을 주고 창문을 열었다. 겨울인데도, 햇살은 너무도 따뜻한 오후였다. 12층이니까 얼굴을 치는 바람만은 사나웠다. 꼭 정신 차리라는 듯이 바람이 내 얼굴을 날카롭게 때렸다. 그러나 창문은 반 밖에 열리지 않았다. (제기랄!!) 이 망할 자식들!!! 그 순간 욕이 소리 나게 발사되었다.

아무것도 아까울 게 없었다. 살아서 앞으로 좋을 일도 없었고, 나는 열심히 살아왔지만 삶은 대체로 나에게 불친절했다. 그리고 이 마지막 순간까지 나를 도와주지 않았다. 창문 틈으로라도 어떻게 해볼까 싶었지만, 내 머리통이 그렇게 크지 않아도 저 창문으로는 나갈 방법이 없어 보였다. 포기하고 주저 앉았다. 단지, 창문이 열리지 않아서 나는 첫 번째 선택을 했다. 살아가기로.

살아가기로 결정을 했다면, 이제 어떤 방법으로 살아야 할지도 결정해야 한다. 이제 투석을 받을지, 이식을 받을지를 결정해야 했는데 사실 이건 내가 선택할 수 있는 문제가 아니었으므로 논외로 한다. 아무 데서나 신장을 뚝 떼 와서 붙일 수 있는 일이 아니었으니까. 그 당시 가족 세 사람 모두 지병으로 약을 먹고 있었기 때문에 나에게 신장을 주기에 부적합했다. 그리고 누군가의 희생으로 살아가야 하는 상황 자체도 나에게는 부담이고 스트레스였다. 나는 그런 일은 하고 싶지 않았다.

나는 죽음의 냄새를 쫓는 하이에나보다는, 마른 몸으로도 고

고하고 탄력 있게 킬리만자로를 달리는 한 마리의 표범이고 싶었다. 온 진심을 다해서. 비록 투석 환자로서 살아가게 될 이후의 일상에는 다시없을 고고함과 탄력이었지만 말이다.

이제 나에게 주어진 선택지는 또 두 가지. 투석 방법에는 복막 투석과 혈액 투석이 있었다. 복막 투석은 시간에 구애받지 않고 치료받을 수 있다는 장점이 있는 대신에, 내가 의사가 되어 모든 것을 처리할 수 있도록 공부해야 했다. 그리고 엄청 깨끗한 환경이 요구되었다. 혈액 투석은 주기적으로 병원에 가기 때문에 사회생활에 제약이 있는 대신, 늘 병원에서 관리받기 때문에 비교적 심리적 여유를 가질 수 있었다.

복막 투석을 하려면 복막에 도관을 삽입해야 하고, 늘 배에 1~2kg짜리 복대를 차고 다녀야 하기 때문에 상상만 해도 덥고 무겁고 부담스러웠다. 늘 감염의 위험이 도사리고 있기도 했다. 엄마는 스물다섯 살짜리 배에 구멍을 내고 싶지 않다고 생각했고, 나 역시도 절대 배에 구멍을 내고 싶지는 않았다. 그렇

서른 살이 되지 못할 줄 알았습니다

게 되면 통목욕은 불가능하다고 해서 더욱 꺼려졌다.

당시의 담당 교수님은 젊으니까, 사회생활의 자유를 위해서는 복막 투석을 하는 것이 낫겠다며, 본인이 직접 복막 투석 도관을 삽입해 주고 싶다고 수차례 권했지만, 엄마는 내 손을 꼭 잡으며 단호히 안 된다고 말했다. 나는 사실 복대가 무겁고 더울 것 같아서, 복막 투석은 관리가 힘들 것 같아서 엄마 뒤에 숨었던 것뿐이었다. 그 이후 관련 의학 프로그램을 보았다. 초기의 나는 모든 시청각 자료를 이용해서 투석 치료에 대해 알아가고자 했다. 복막과 혈액 사이에서 비교적 중립적인 입장을 견지하고 있는 의학 프로였음에도 복막염으로 고통받거나 사망하는 사람들의 사례를 보여주었고, 여러 기사를 통해 알아본 일본의 복막 투석 사례는 더욱 처참했다. 사망률이 너무 높았다.

그리고 2020년 9월, 실제로 5년간 복막 투석을 하다가 한계에 봉착해 혈액 투석으로 전환한 지 2년 가까이 되는 젊은 환자분을 만나고서야 나의 두 번째 선택이 얼마나 제대로 된 일이었는지 뼈저리게 느낄 수 있었다. 내가 가지고 있는 건강의 객관적 지표들을, 그녀는 이미 너무 많이 잃은 상태였다.

어쨌든, 나는 엄마가 단호하게 개입한 두 번째 선택 덕분에 살아가는 일을 택한 첫 번째 선택을 온전히 지킬 수 있었다.

단지 창문이 열리지 않아서 나는 스물여섯 살이 되고, 서른 살이 되었다. 서른 이후로도 뒤의 숫자는 계속 빠르게 바뀌고 있다. 대부분의 환자들이 투석 5년 안에 죽는다는 기사를 읽고서 당연히 서른 살이 되지 못할 거라고 생각하고 살았다. 죽음을 겸허히 받아들여야겠다는 생각을 늘 가슴 한편에 품고서.

그러나 나는 여전히 살아있고, 의외로 건강하다. 대부분의 환자들이 이미 신장병 외의 질환을 가지고 있다는 것과 고령이라는 사실을 간과한 채 나는 그렇게 스스로에 대한 잘못된 연민에 빠져있었다.

버티고 또 버텼다. 잘 살아왔다고는 감히 말할 수 없지만, 그

누가 묻던 지간에 잘 버텨왔다고는 말할 수 있다. 그리고 버티는 일이 때로는 생애 가장 능동적인 일일 수도 있다는 것을, 그 시간 속에서 알았다.

앞으로 또 수많은 선택을 하면서 살아가겠지. 선택의 순간에는 그에 대한 확신이 없을 수도 있지만, 차츰 시간이 흐르며 얼마나 잘한 선택인지에 대해 뚜렷하게 알게 될지도 모른다.

PART

02

낭떠러지 아래에는 희망이 있었다

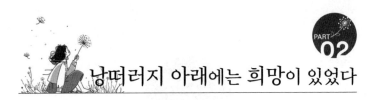

낭떠러지 아래에는 희망이 있었다

아픈 건 간결하지가 않으니까

언젠가 아픈 건 간결하지가 않다는 문장을 콕 집어 김성규 작가님이 공감해 주신 적이 있다. 신장 내과 전문의라는 직업 특성상 나와 같은 환자들을 늘 만나시니까, 아마 진심에서 우러난 공감일 거라고 생각한다. 그 문장의 의미를 누군가 온전히 알아주었을 때 느꼈던 그 오묘한 기분이 참으로 좋았다.

아픈 건 정말로 간결하지가 않다. 아파서 한 곳만 망가진다면, 어쩌면 아픈 것도 견딜만한 것일지도 모른다. 그러나 한 곳이 망가지면 다른 곳들도 함께 망가진다는 사실을 아파보면 알게 된다.

서른 살이 되지 못할 줄 알았습니다

음, 내 경우는 어땠을까. 진짜 비극적으로 눈이 안 보였던 적이 잠깐 있었다. 대략 반년 정도. 그냥 일상의 모든 것이 흐릿하다. 근데 다시 밝은 세상을 보니 세상이 덜 아름다웠다. (신장이 망가지면서 혈압 조절이 되지 않았고, 그로 인한 고혈압성 망막박리를 진단받았다. 시력에 문제가 생겼었다. 망막박리가 떨어져 나가면서 흔적은 남았지만, 시력은 다행히 회복되었다.) 나도 모르는 사이 눈에 막이 한 세 겹 정도 덮여있던 바로 그 시점에 어떤 사람을 알게 되었는데, 그가 되게 잘생긴 줄 알았었다. 그 사람의 지적인 면모, 별것 아닌 듯이 담백하게 배려해 주는 섬세함 같은 것들이 그를 참 멋지게 보이게 만들었다. 갑자기 귀여운 투석 환자의 첫사랑 이야기라도 펼쳐 질려나 싶겠지만 그런 것은 아니니까 괜히 기대들 하지 마시고. 다름 아닌 같이 일하던 S 조교님 얘기다. 참고로, 망막박리에서 벗어난 후에 본 그의 얼굴은 내가 알던 그 (잘생긴) 얼굴이 아니었다.

짙은 눈썹에 그윽하면서도 깊은 눈매가 신뢰감과 편안함을 주던 S 조교는 내가 말하지 않아도 나의 애로사항들을 캐치해

내었다. 농담도 곧잘 하는 위트 넘치는 사람이었으며, 대학로 학교 본부에서 떨어진 빌딩에 위치한 교수님 연구실에서 책을 모아다가 낑낑대며 중앙도서관 반납함으로 가던 길에도 그 책을 슬며시 빼앗아 대신 반납해 주었다. 오롯이 나의 업무였던 우편실에 가는 일도 대신해 준 적이 여러 번이었다. 의학 지식 또한 풍부해 아프던 초기에 많은 의지가 되었었다. 그는 실제로 S대 의대를 다녔던 이력이 있는, 하여간 잘생긴 사람이었다. 그는 나와 동향이었고, 나의 사촌오빠와 같은 시기에 같은 고등학교에 다녔다는 사실 때문에 나에게 무한 신뢰를 받았다. 그냥 그 단순한 사실 몇 가지만으로, 그 넓은 서울 한복판에서 그와 만난 것은 꽤 대단한 인연이라고 당시의 나는 생각했었다.

내가 진단을 받았던 때, 길 건너에 S 대학병원이 있으니 거기에서 오전에 투석을 받고 오후에 여기 와서 근무하면 되겠다고 말도 안 되는 주장을 한 것도 그였다. 자신은 중간에 때려 친 의대지만 동기들은 모두 저 병원에 남아있으니 누군가를 내 뒷배로 소개해 줄 수도 있다고 했다. 본인도 응급 투석을 받아본 경험이 있다며, '투석이라는 거 별거 아니'라고 했다. 실제로 그는 심각한 교통사고로 급성신부전 진단을 받아 7~8회 정도 투석을 받아본 경험이 있었다. 나는 그의 말이라면 팥으로 메주를 쑨다고 해도 믿을 판이었지만, 저 주장만큼은 받아들일 수가 없었다.

ESRD라는 진단을 받는 순간을 표현하자면, 그냥 발에 족쇄가 채워지고 거기에 엄청 무거운 돌이 매달려서 한없이 한없이 깊은 바다로 빨려 들어가는 기분, 그쯤 됐었다. 그 무엇도 가라앉는 나를 건져낼 수 없었다. 그리고 진단을 받던 당시에는 정말 죽을 만큼 아파서, 더는 일상으로 돌아갈 수 없다는 생각을 하기도 했다. 아프니까 나는 평범해질 수 없고, 행복해질 수 없다고 생각하던 시점. 아직 내 병이 무엇인지도 모르겠고, 받아들이는 것도 버거운 나에게 다른 사람들에게 민폐 끼쳐 가면서 일을 하라니. 오전 내내 사무실을 비우면, 내 일은 누가 하나. 뭐 이런 인간이 다 있나, 하는 생각도 잠깐 했다. 나의 병을 가볍게 여겨 주는 것이 한 편 고마우면서도, 너무 가볍게 여기는 것이 또 기분 나쁘기도 했다. 아프면 인간이 이렇다. 적당히 넘어가는 법이 없지. 극단적이다.

나는 숨는 쪽을 택했다. 나는 아픈 것에만 충실한 삶을 살았고, S 조교와 또 다른 사람들은 자신들의 인생을 살았다. 한 번씩 묻던 안부조차 사라져 갈 즈음, 근무하던 학과 사무실을 방문하였다. 정말 오랜만의 외출. 그날은 강남에 있는 대학병원에 외래를 가는 날이었고, 망막박리에서도 벗어난 참이었다. 나의 발걸음은 실로 가벼웠다. 학과장님도 사무실에 오셔서 농담을 하셨다. "왜 우리 과에만 오면 애들이 아파서 나가는 거야. 이 친구 전전에 근무했던 그 친구도 아파서 그만두었잖아. 터가 안 좋은가 봐. 내가 미안해~"

몇 달 만에 보는 하얀 연구동의 작은 사무실. 내 책상은 이미 내 것이 아니게 되었지만, 내가 잠시나마 손님으로 머무를 수 있다는 것이 기쁘기만 하였다. 각자의 근황을 이야기하며, 나

서른 살이 되지 못할 줄 알았습니다

는 본래 목표했던 대로 성우 시험에 응시하려 한다고 말했다. 지금은 이르겠지만, 앞으로 투석에 좀 더 익숙해지고 몸도 더 좋아지면 하려고요. 그 말에 S 조교는 그렇게 말했다. "너 같은 애를 회사에서 뽑아줄 리가 없지. 다른 걸 생각해 봐."

그때 내가 목표하던 곳이 K 방송국이었으니, 꾸어서는 안 될 꿈을 꾸는 내가 안타까워서 그랬는지 건방진 꿈을 꾸는 나를 포기시키려 한 것인지는 모르겠으나, 그의 그 한마디는 몇 년 동안이나 나를 괴롭혔다. 그 후로 아주 오랫동안 '나 같은 애'를 곱씹게 되었으니까.

그는 나를 공격했다. 너 같은 애라고. 나는 생각한다. 그때 도전했더라도 나는 합격했을 거다, 분명히. 나에게는 남과 구별되는 독특한 나만의 목소리와 재능이 있었다. 다만 그의 말에 짓밟힌 나는 일어날 줄을 몰랐다. 내 세상에는 사람이 없었으니까. 그는 내가 건강한 상태였던 가장 최후에 만나 가장 가까이서 함께 했던 사람이었으므로, 그때의 나에게 그토록 크게 영향력을 끼칠 수 있었다. 가장 절망적인 순간에도 나름대로 도움이 될 만한 이야기들을 많이 해주었던 사람이니까. 그런데 단지 그런 이유로 나는 멍청하게, 그의 막말을 진실로 받아버렸다. 그 어느 곳에서도 받아주지 않는 너 같은 애.

하늘은 절대로 한가지 시련만 주지 않는다. 나는 우리 집이 망하고, 또 망할 때 진짜 신이 나에게 도전하는 줄 알았다. 근데 병에까지 걸리니까 세상에 신은 없다는 생각이 들었다. 아니면 신이 있는데, 이 망할 영감인지 할망구인지가 나를 괴롭히고 싶어서 안달이 난 거라고 그렇게 생각이 됐다. 근데 괴롭힐만한 그런 재미가 있는 인간인가, 내가? 내가 뭐라고. 별거 아닌 나한테 신이 꽂혔나? 대체 왜?!!

이번엔 베토벤이 되었다. 나는 귀가 먹었다. 맙소사. 여기까지 얘기하면 너무 신파잖아. 근데 어쩌겠는가. 내 인생이 진짜 이렇게 신파인걸.

2018년 9월 1일. 날짜도 정확히 기억한다. 그즈음의 나는 무

서른 살이 되지 못할 줄 알았습니다

척이나 큰 스트레스를 받고 있었다. 그러자 내 귀는 고장 났다. 정확히는 2018년 8월 31일 오후부터 귀가 먹먹했다. 귀가 안 들리는 것만은, 정말로 분명하게 알 수가 있었다. 귀에 솜뭉치를 틀어넣어 놓은 것 같은 느낌이었다. 동생에게 내 오른쪽 귀에다 몇 번이고 고함을 쳐보라고 했다. 하나도 안 들렸다. 처음에는 이 자식이 나에게 장난을 치는 줄로만 알았다. 나중에는 동생이 고릴라처럼 가슴을 쳐대며 답답해했다. 곧 동네 주민들에게 소음으로 항의 방문을 받을 만큼 크게 소리를 쳤는데, 누나가 못 듣고 있는 거라고 말했다.

정말 급한 마음에 바로 가장 가까운 동네 이비인후과에 갔다. 내가 거기를 왜 갔을까? 차라리 처음부터 큰 병원을 가볼 것을. 이정연 씨, 당신은 희귀 난치병 환자라고요. 작은 동네 이비인후과 원장은 나에게 청력검사를 시키더니, 믿을 수 없다는 듯 옆 가게의 보청기 사장님을 연결해 주었다. 보청기 매장의 청력검사기가 더 좋다는 이유에서였다. 그리고 다음 날에서야 아예 청력이 없는 상태가 맞는데 원인이 무언지는 잘 모르겠다고 하더니 무슨 약 이틀 치를 처방해 주고는 월요일에 다시 오라고 했다. 망할 망할.

결론부터 말하자면 나는 돌발성 난청이었다. 들리지 않는다는 사실로부터 도망치고 싶었던 걸까? 차라리 처음부터 망설임 없이 대학병원으로 뛰어가서 치료를 받았더라면 어땠을까? 솔직히 주말 동안, 다시 귓속에 들어차 있던 솜이 빠져나와 원래의 상태라고 돌아올 거라고 기대하고 있었다. 처음 갔던 이비인후과를 믿을 수 없었고, 귀의 상태는 여전해서 결국 월요일의 투석 치료가 끝나자마자 투석 병원 아래층에 있는 이비인후과에 갔다. 그곳의 선생님은 짧은 고민도 없이, '이건 대학병원에 가서 스테로이드 주사 치료를 받아야 하는 돌발성 난청'으로 보인다며 의뢰서를 써 주셨다.

의뢰서를 가지고 그 길로 바로 동생과 함께 일산에 있는 대학병원으로 갔다. 그런데 이비인후과에는 선생님이 아무도 안 계셔서 진료가 불가능하다는 황당한 이야기를 듣고, 일산의 다

서른 살이 되지 못할 줄 알았습니다

른 대학 병원에도 전화 문의를 해보았지만, 그 어디에도 진료가 가능한 이비인후과 전문의가 없었다. 마침 그날이 이비인후과 전국 학회가 있는 날이었던 것이다! 베토벤 이정연은, 아무래도 셰익스피어 비극의 주인공도 될 모양이었다. 정말 극적인 이 인생에 웃음이 났다.

결국 지구 끝까지 어디든 갈 결심을 하고서 평소 다니던 서울의 대학병원에 연락을 했다. 마침 학회에 참석하지 않은 당직 선생님 한 분이 계신다는 희소식! 그분의 마지막 진료에 이름을 올려둘 터이니 최대한 빠르게 병원으로 오라는 간호사 선생님의 말씀에 구원이라도 받은 듯 가슴은 벅차올랐지만, 이미 오후 3시가 가까운 상황. 나는 눈이 뒤집혀 그길로 동생과 택시를 잡아탔다. 영혼을 팔아서라도 1시간 안에 강남까지 가야한다! 기사 양반, 서울 반포동까지 갑시다. 지구 끝까지 갈 뻔도 했는데, 강남까지의 택시비쯤이야.

이후 대학병원에서 고막에 스테로이드 주사를 무려 16주 동안 맞으며,정연님은 빨리 대처한 거라는 얘기를 들었다. 원래 돌발성 난청이 오고 닷새가 골든타임이란다. 이상 증세가 처음 나타난 때가 금요일 저녁이어서 주말 동안 시간을 버리긴 했지만, 결국 월요일 오후에는 대학병원에 왔으니 스스로에게 할 수 있는 최선을 다한 것이었다. 그래도 귀가 안 들리는 것을 인지한 뒤, 바로 대학병원으로 뛰어오지 못한 스스로에 대한 원망이 사라지는 것은 아니었다.

아예 안 들렸던 순간은 끔찍했다. 나는 이제 귀까지 고장 나는 것인가. 다음은 어디일까? 그런 물음들이 머릿속을 채웠다. 긍정적으로 사고하려 하여도, 자꾸 고장 날 다음 기관이 차례를 대기 하고 있는 것만 같았다. 그래도 주사 치료 사이마다 받았던 청력검사에서 그래프는 점점 올라가고 있었다. 나는 그 상태로 계속 가면 마지막 주사에는 청력이 돌아올 줄로 굳게 믿었다. 물론 우리는 지금 아름다운 소설을 읽고 있는 것이 아니다. 내 청력 그래프는 어느 순간 움직이기를 그만둬 버렸다. 저주파수에서는 완전히 회복되었지만, 고주파로 갈수록 뚝 떨

서른 살이 되지 못할 줄 알았습니다

어지고, 가장 높은 주파수는 아예 못 듣는다. 아, 청력의 반절을 날린 것 같다. 근데 아예 못 들었던 순간이 있었기 때문에 많이 슬프지는 않았다. 바꾸어 생각하면 청력의 반절은 되돌아온 셈이니까.

특히나 내 담당 주치의 선생님은 젊고, 소년 같은 데가 있는 사람이어서 희망 같은 말을 자주 하곤 했다. 그는 "이만큼 올랐어요!"하고 늘 나 이상으로 기뻐해 주었고, 그래프에 별로 변화가 감지 되지 않을 때는 "그래도 나빠지지 않았잖아요. 우리 희망을 잃지 말아요."라고 나를 토닥여주었다.

그는 정말 멋진 의사였다. 그래서 나는 그를 졸라서 12주로 끝나야 하는 스테로이드 주사를 4주나 더 맞았다. "원칙적으로 스테로이드 주사 치료는 12주로 끝내야 하는 거지만, 정연님이 완치를 향한 의욕을 강하게 보이고 계시니까요. 우리의 희망을 위해서 한 번 도전해 봐요." 희망을 위해, 나를 위해 원칙을 버린 담당 주치의의 그 말이 정말 눈물겹게 고마웠다.

16번의 스테로이드 주사를 내 귀에 아프게 놓아주고, 그는 이내 나를 떠났다. 아니, 정확히는 그 대학병원의 그 자리를 떠난 것이지. 어디로 간다고는 밝히지 않았다. 나는 그가 어디에 가든 그의 환자가 될 요량으로 그에게 행선지를 물었는데, 당분간 쉴 것이라고만 답하며 미소 지었다. 그러면서 한 마디를 덧붙였다. "제가 아는 어떤 환자분은 돌발성 난청이 오고, 5년 있다가 갑자기 청력이 회복되기도 했어요. 정연님은 더 빨리 돌아오면 좋겠지만, 그 이상이 걸려서 돌아오는 분들도 많으니까요. 우리 희망을 가져요." 그 말을 하는 그에게 나는 정말 당신의 말을 믿고 있다고, 몇 번이고 힘주어 고개를 끄덕였다. 그리고 그의 마지막 말을, 나는 몇 년이 지난 지금도 가끔씩 떠올리곤 한다.

그가 떠난 진료실은 젊은 여자 선생님이 채웠다. 그와 난청 치료를 끝낸 나는 그녀와 이명 치료를 시작했다. 내 오른쪽 귀에서는 가끔은 귀뚜라미 소리가 났고, 가끔은 고장 난 라디오 소리가 났다. 이명이 심한 날은 진짜 미친 듯이 소리를 지르고 망나니 칼춤이라도 추고픈 심정이 되곤 했던 시절이었더랬다.

서른 살이 되지 못할 줄 알았습니다

청력검사를 하고, 진료를 받다가 그녀가 '이명 재훈련 치료'라는 것을 권했다. 보험 적용이 되지 않는 진료이지만, 꼭 들어보았으면 좋겠다고 말하기에 월요일 투석까지 빼먹고 강남에 가서 그 치료를 받았다. 나처럼 난청에 이명이 동반된 사람이나, 이명만 있는 사람 등 다양한 사람들이 한 그룹을 이루고 특강 비슷하게 훈련 치료를 받았다. 한 시간 반 남짓 되는 그 강의는 나쁘지 않았다. 그냥 아주 간단하게 설명해서 내 이명은, 뇌간의 문제란다. 끝.

똑똑하고 예민한 사람들에게 더 잘 생기는 병이라고 해서, 역시 난 똑똑하군, 혼자 속으로 생각했다. 근데 정말 그 진료실에 있는 사람들 모두가 똑똑해 보이긴 했었다. 그들도 똑똑하고 예민한 사람들에게 더 잘 생기는 병이라는 말에 서로를 흘끔거리고 있었다.

그녀는 다정하게 이명을 없애는 데 좋은 훈련들을 알려주었고, 그 훈련을 해 나가는 데 도움이 되는 소리 애플리케이션도 소개해주었다. 이명은 반드시 극복할 수 있는 질병이라는 응원도 잊지 않았다. 극복에 방점이 찍힌 그녀의 문장은 아름다웠다. 한동안 그녀의 처방대로 열심히 귀에 파도 소리를 노출시켰다. 그랬더니 파도에 떠내려가는 꿈을 꾸었다. 나는 바닷가 절벽에 서 있었고, 파도는 끊임없이 몰아쳤는데 어느 순간 너무 높은 파도가 쳐서 나를 휩쓸어 갔다. 그 후로 다시는 파도 소리를 듣지 않는다. 잘 밤에 파도 소리는 정말 위험하다. 꿈이지만 파도에 떠내려갔던 그 장면은 강렬하게 내 기억에 남아있다.

그래서 그 후로는 빗소리를 틀어놓고 잤다. 빗소리에 휩쓸려가는 꿈은 꾸지 않았다. 차도가 있는 듯도 했다. 물론 컨디션에 따라 그렇지 않은 것 같은 날도 있었지만, 그녀와 만나 얘기를 나누고, 열심히 병증에 대한 설문지 작성도 했다. "정연님은 정말 잘하고 있어요. 이명 재훈련 치료의 한 사이클이 끝날 때, 완치되는 분이 10명 중 2~3명은 되거든요. 정연님이 그중 한 분일 것 같아요." 그런데 그녀도 떠났다. 코로나 때문에 잠깐 외래 진료를 미루는 사이 퇴직해 버렸다. 나는 이제 모 대학병원의 이비인후과는 다니지 않을까 보다. 왜 나의 귀를 봐주는 주치의 선생님들은 나만 만나면 떠나는 것일까? 아니면 내가 떠날 이들만 골라서 만난 것일까?

그동안은 잘 지내왔다. 이명은 정말 많이 줄어들었고, 나는 일상생활에서 큰 어려움 없이 사람들과 소통을 한다. 물론 가끔 시끄러운 상태에서 누군가의 말을 들을 때 방금 그 소리가 뭐였지? 하며 1~2초 곱씹고서야 변별해 내기도 하지만 내 왼쪽 귀는 지독히도 정상적인 청력을 가지고 있기에 주로 이 친구의 도움을 받아서 나는 대체로 소리들을 잘 받아들이며 살아가고 있다.

그런데 문득 지난 주말 처음 난청이 올 때와 같은 그런 먹먹함이 왼쪽 귀에서 오른쪽 귀로, 또 오른쪽 귀에서 왼쪽 귀로 왔다 갔다 하는 느낌이 났다. 그리고 어지러움도 잠깐 느꼈다. 아, 제발! 그 이전의 주에는 청력이 엄청 예민해져서 엄청 잘 들렸다가 또 뭔가 들리는 게 시원찮기도 했다. 나는 새로운 주가 시작되자마자 빠른 행동력으로 이비인후과에 예약전화를 넣었다. 시간이 맞는 교수님이 없다. 그래도 6월 안에 나는 또 새 교수님을 만나게 될 것이다. 흠... 이정연이 이비인후과계의 주호민이 되는 일은 없어야 할 터인데.

일단은 급히 투석하러 다니는 내과의 아래층에 있는 이비인후과에 갔다. 대학병원에 가기 바로 직전에 들렀던 곳인데, 이건 동네 이비인후과에서 해결할 일이 아니라며 대번 대학병원 가라고 의뢰서를 써준 믿을만한 분이니까 응급 진단과 처방이 가능할 것이라 판단했다. 청력 검사도 하고, 어지럼증 검사도 했다. 청력 검사는 익숙하지만, 어지럼증 검사는 처음이었다. 고글을 씌워놓고 선생님이 막 내 머리를 흔들어댔다. 솔직히 어린이가 된 것 같아서 재미있었다. 아픈 건 가끔 이런 재미도 있다니까?

"정연님 머리를 저한테 온전히 맡겨요, 힘 빼고." 시키는 대로 머리에 힘을 빼기도 하고, 드러누우라기에 드러눕기도 했다. 선생님은 내 머리통을 잡고 강제로 도리도리를 해대고, 눈알을 굴리라고도 했다. 오른쪽을 봐요, 하는데 나도 모르게 왼쪽을 봤더니 바로 선생님이 알아채셨다. 속이 뜨끔했다. 내 고글은 깜깜한데 밖에서는 보이는가 보다. "왼쪽 청력은 지극히 정상이고, 오른쪽은 우리가 처음 만났을 때는 아예 안 들렸던 상태였죠? 근데 지금 보니까 정연님이 대학병원 결과 설명하는 거랑 이 결과랑 얼추 맞는 것 같아요. 둘 다 이상 없어요. 더 나빠지거나 하지 않았어요. 다만..."

　가슴을 쓸어내렸다. 물론 다만... 이후에 조금 안 좋은 얘기도 들었지만. "다만 젊으니까 사람들과 대화할 때 자꾸 되묻게 되거나 알아듣지 못하면 사회생활에 문제가 생기지 않겠어요? 그러니 보청기를 하는 편이 좋긴 할 거예요. 보청기가 드러나서 남에게 눈길을 좀 받는 편이 소리를 잘 못 들어서 눈길 받는 것보다는 낫지 않겠어요?" 하지만 지금 이 글을 쓰는 나는 이명도 없거든. 피곤할 때는 이명이 심한데 오늘은 잔잔하다. 원래부터 이명이 없다고 착각할 만큼 별 게 들리지 않는다. 오늘은 뇌간이 스위치 발동을 잘했나 부지, 기특한 녀석. 그래서 선생님이 했던 안 좋은 얘기는 그냥 묻어두고 스트레스받지 않기로 한다. 전문의의 소견을 무시하는 것이 아니라, 그저 나의 스트레스 관리를 위해서 묻어두려 한다.

왜냐하면, 아픈 건 간결하지가 않거든. 자꾸 뭔가가 덕지덕지 붙는다. 물론 그게 가끔은 망막박리 때처럼 해결이 되기도 하고, 난청이나 이명처럼 해결되지 않은 채로 내가 끌어안고 가야 할 때도 있다. 그래서 해결되지 않은 일들은 때때로 생각하지 않는다. 생각한다고 뾰족한 수가 없다. 털어내고 나는 그냥 나아가야지. 살아가야지. 아픈 게 간결하지 않으면, 내가 간결해지면 되거든.

다른 방식으로 생각하기로 했다
아주 사소한 행복

오늘은 컨디션이 좋지 않다.

언제부턴가 투석 중에 편안히 잠들게 되었다. 몸속의 모든 피가 빠져나가서 기계를 통해 걸러져서 다시 몸속으로 들어가는 이 일의 무게만큼 내 몸은 잠 속으로 깊게 빠져들었다. 투석을 시작하고 나서 거의 매일 밤을 불면에 시달렸는데, 초기의 몇 년 동안은 투석 중에도 잠들지 못했다. 밖이라 불편해서, 뚫린 공간에서 오는 불안감으로. 네 시간 동안 온전히 깨어 쓸데없이 핸드폰을 들여다보는 것이 내가 할 수 있는 일의 전부였다. 인터넷으로 기사를 보고, 때로는 티브이 애플리케이션으로 티브이를 보기도 했다.(유튜브의 존재감이 지금과는 무척 다르던 시절이다.) 가끔은 누워서 불편한 상태로 책을 읽기도 했으나, 기계에 연결되어 바늘이 꽂혀있는 왼팔을 제외한 나머지 한 팔로 책 한 권을 쥐어 들기란 여간 힘든 일이 아니어서 그야말로 아주 가끔만.

푹 잠들기 시작한 것은, 투석 6~7년 차 정도가 되었을 때부터로 기억한다. 전에는 늘 눈을 말똥말똥 뜨고 있다가, 혈압이나 다른 상태를 체크하러 오는 선생님에게 농담하거나, 오늘의 리본 핀이 예쁘다는 식의 칭찬을 건네곤 했다. 그래서 선생님들은 내 옆에 왔다가 한 번씩은 웃고 갔다. 지금은 기억 언저리에도 없는 농담이지만 때로 선생님들은 폭소를 했다.

그러던 어느 날부터는 내가 자리에 누워 바늘만 꽂으면 대화는커녕 미동도 없으니, 처음에는 걱정을, 나중에는 원성을 들었다. 혈압 체크할 때 잠깐씩 눈을 뜨면, 요즘 정연이가 계속 자고 있어서 얘기를 못 하니까 섭섭하고 심심하다며 웃으셨다. 그런 얘기를 듣고선 마음이 몽글해진 채로 이내 다시 잠에 빠져들었다. 그래도 투석 중에 잠드는 습관이 생긴 나의 숙면을 멈출 수는 없었다. 한숨 푹 자고 일어나면 4시간의 투석 치료가 끝나있는 기적은 쉬이 일어나는 일은 아니니까.

투석 환자들은 예민하다. 나만 해도 그렇지 않은 척했을 뿐,

서른 살이 되지 못할 줄 알았습니다

사실 무척 예민해서 모두 그럴 수밖에 없음을 이해한다. 하지만 그 예민함을 의료진에게 발산하는 건 정말 잘못된 행동이라고 생각한다. 특히 쌍욕 하는 건 고소감이다. 인공 신장실에서 의료진에게 쌍욕 하다가 다른 병원으로 쫓겨 간 환자도 본 적이 있다.

투석 기계에 묶여있는 동안은 체온도 떨어지고, 심신이 불안정한 상태인데 그토록 상스러운 말로 소리치면 모든 환자들이 불안에 빠지지 않겠는가? 나도 한 영감님이 쌍욕 하며 소리치던 날, 뒤통수까지 찌릿해지는 경험을 했던 일이 있다. 나한테 욕한 것이 아닌데도 심장까지 벌렁거렸다.

투석 환자들은 대체로 니들링하는 사람의 손부터 치료 시간대, 투석 기계에 이르기까지 모든 면에서 예민하다. 투석을 시작하던 초기, 어느 투석 환자분의 블로그를 접한 적이 있다. 그분의 블로그 속에는 늘 거듭되는 니들링으로 팔을 푸르른 벌집으로 만들어 놓는 간호사 선생님에 대한 성토의 글이 가득

했다. 나에게도 케미가 맞지 않는 간호사 선생님이 분명히 있긴 했지만, 니들링이 잘못되어서 바늘을 몇 번이고 다시 찔러야 하는 그런 끔찍한 상황은 어쩌다 한 번 있는 특수한 일이다. 어쩌다 한 번 겪어도 그것이 얼마나 고통스러운지 알기 때문에 그분의 글 속에 본 멍든 팔이 가슴 아팠다. 그리고 새삼 우리 병원 선생님들께 고마웠다.

주사 부위를 소독하고 니들링을 하면, 나는 대체로 참는다. 바늘 자체가 두렵거나 정말 아플 때 움찔거리기도 하는데 그럴 때는 선생님도 놀라고 미안해한다. 그때마다 내가 하는 말은 한결같다. "쌤. 바늘이 아프지 않길 바라면 그거는 도둑놈 심보예요." 나는 환자긴 하지만 양심 없는 도둑은 되지 않길 바라는 마음을 담은 농담으로, 나와 선생님과 바늘을 다독인다.

하지만 4월의 혈관 재개통술 이후, 나는 좀 까다롭게 굴고 있다. 수 선생님은 유난히도 내 혈관의 특성을 잘 알고 계셔서 아프지 않게 잘 찔러 주신다. 그래서 투석 기계를 조작하는 선생

서른 살이 되지 못할 줄 알았습니다

님께 수 선생님을 불러 달라고 말한다. 바늘은 당연히 아픈 거라며? 말과 행동이 다르다.

다시 처음으로 되돌아가서, 오늘은 컨디션이 매우 좋지 않다. 정말 예민한 나는 몸의 신호를 정말 잘 알아차린다. 푹 자고 있다가 투석 도중에 깨어나서 하품을 시작하면 그때부터는 위험하다. 대개 그런 때는 저혈압이거나 저혈압이 시작되는 지점이다. 오늘 잠에서 깨어 연신 하품을 하다가 선생님을 호출했다. 혈압을 체크하시더니 정연이 끝내자, 하신다. 이런 예민함은 칭찬받아 마땅하다.

투석이 끝나고 체중을 재면서 나는 살이 쪘음을 인정한다. 물론 과도하게 수분을 제거한 탓도 있겠지만, 이제 인정하고 건체중(모든 잉여 수분을 제거했을 때의 체중을 건 체중이라고 한다. 투석 환자의 일상에 지표가 되는 숫자다.)을 올려야 할 것 같다. 엘리베이터를 타고 내려오는 동안도 쓰러질 것 같았고 감기약을 받으러 약국에 들어갔다 나오는 중에도, 약국에서 정류장까지

300~400미터 되는 거리를 걷는 동안 나는 눈앞이 깜깜해졌다가, 또 눈앞이 하얘지는 경험을 했다. 보통 깜깜하거나 하얗거나 둘 중 하나만 하는데. 이건 보통 일이 아니다.

오늘따라 마을버스도 느렸고, 나는 몇 걸음 못 가 주저앉기 일쑤였다. 평소에 버스와 내 걸음을 모두 합해 15분이면 도달하는 플랫폼까지 30분이 넘게 걸렸다. 역 건너편에서 정차하는 버스에서 역사 내부의 플랫폼까지만 17분이 걸린 대장정이었다. 마을버스와 나는 천생연분일지도 모른 다. 같은 때에 함께 고장 나기란 쉬운 일이 아니다.

너무 힘들 때는 자양강장제가 필요한 법. 눈앞이 깜깜하고 하얘서 미처 사지 못한 박카스를 역에 도착해서 사려했다. 그런데 깜깜한 역사 내 편의점. 아이고. 주저앉았다가 가려던 방향을 꺾어 자판기에서 레쓰비 한 캔을 뽑았다. 미리 주머니에 넣어두었던 천 원. 박카스든 레쓰비든 결국 팔백 원이어서 그 별것 아닌 숫자에 웃었다. 고작 같은 가격이라는 사실만으로 인

서른 살이 되지 못할 줄 알았습니다

생에 오차가 없는 기분이 들었다.

우리 동네 방향으로 가는 전철의 도착을 알리는 경쾌한 안내 방송. 시원한 커피 한 캔의 마지막 남은 몇 모금을 모조리 털어 넣고 이번엔 열 걸음 이상 걸어서 쓰레기를 버리고 전철에 오른다. 한산해서 사회적 거리두기가 지켜지는, 에어컨 바람으로 쾌적한 열차 안이 기분 좋다. 앉아서 글을 쓰는 동안 17분이 금세 지나갔다. 시원한 바람에 점차 회복되는 걸 느끼면서.

종착역인 동네 역에 내렸다. 우리 동네 전철역은 이게 문제다. 나이 든 어르신들이 많은 동네인데, 심지어 어르신들보다 내장 기관이 더 늙어버린 나 같은 사람도 살고 있는 이 동네에 엘리베이터가 하나밖에 없다. 거기까지 갈 힘이 없다. 저기 저 할아버지도, 나도. 음? 그런데 어느새 회복된 나는 길고 긴 계단을 성큼성큼 오른다. 마지막 몇 계단을 남겨두었을 때 잠깐 다리에 힘이 빠졌으나 힘차게 무사히 올랐다. 잠깐 울컥했다. 이 아무것도 아닌 것 같은 힘찬 걸음이 나를 벅차오르게 만들었다. 이 작은 일이 나를 행복하게 만들었다. 마침 집 앞까지 가는 버스도 나와 비슷한 때에 역 앞에 도착할 예정.

나는 또 힘차게 역 4층에서 1층까지 걸어 내려왔다. 내가 좋아하는 갈색 슬링백의 따닥 거리는 굽소리를 최대한 조심하며. 건널목을 건너고 한숨 돌리니 이내 버스가 도착한다. 그렇게 비틀거리던 내가 노약자석을 비우고 몇 걸음 더 가서 일반 좌석에 앉을 만큼 회복되었다. 택시비를 아꼈다. 정말 좋다.

버스에서 내려서 또 힘차게 걷는다. 집에 도착하자마자 겉옷을 벗어두고 소파에 누워, 귀가하는 한 시간 동안의 기록을 마무리하는 이 시간이 너무도 행복하다.

나는, 글을 쓰지 않는 동안 마음껏 부정적이 되었던 나를 버리고 이렇게 다른 방식으로 생각하기로 했다. 나에게 일어나는 모든 일의 긍정적인 면을 보기로.

서른 살이 되지 못할 줄 알았습니다

사이드 메뉴를 추가하듯이
주문은 제가 한 것이 아닙니다만

2020년 7월, 녹내장 진단을 받았습니다. 일단 꽤 중한 병이 사이드 메뉴 추가되듯 또 추가되었으니, 오늘만은 누군가에게 이야기하듯이, 공손하게 경어체를 사용하려 합니다. 녹내장을 진단받았지만, 눈 하나 깜짝하지 않았습니다. 거짓말입니다. 안구 CT를 찍을 때 눈을 깜빡거려서 결국 한 컷 더 찍었습니다. 일단 눈 깜짝은 했네요. 그러나 절대로 나를 불쌍하게 여기지도 않았고, 울지도 않았습니다. 그러니까 그냥 눈 하나 깜짝하지 않았다고 말해도 무방할지도 모릅니다.

늘 인생의 주인공이고 싶었는데, 사실 이런 식은 아닙니다. 병원 다녀오는 길 택시에서 내려 아파트 입구로 들어서며 엄마에게 소리 내어 말했습니다. "앞으로 나를 얼마나 큰 사람으로 만들어 주려고 이런 시련을 또 주실까요." 엄마는 전철에서도 내 등을 토닥이고, 내 어깨를 꽉 감싸 쥐었습니다. 녹내장을 진단받은 사실보다 그런 손짓이나 나를 보는 눈빛이 훨씬 슬펐습니다. 그래도 울지 않았습니다. 울어도, 나를 불쌍하게 여겨도 변하는 건 아무것도 없습니다. 그래서 다른 사람도 나를 위해 울거나 나를 불쌍하게 여기지 않았으면 합니다. 그래도 누군가에게는 이 황당한 병이 또 사이드 메뉴처럼 추가되었음을 말하고 싶었습니다. 친구 E는 일상의 모든 순간 거기에 있습니다. 도란도란 병에 대해 얘기했습니다. 나보다 더 씩씩하게 웃으며 괜찮다고 해주어서 나의 괜찮음에 괜찮음이 더해졌습니다.

사실 요지 간에 잠을 잘 잤습니다. 매일 한 시간 동안 걸습니다. 새 동네에 이사 온 지 1년 가까이 되어서야 처음으로 걷기 좋은 길을 찾아서, 매일 그 길을 걷고 있습니다. 6월의 언젠가는 소요산도 가볍게 오른 적이 있습니다. 등산 같은 건 투석 환자인 나에게 과한 운동이라고 생각하고 늘 피했었는데, 어쩌다 오른 소요산은 오를만했습니다. 다음 날 근육통에 시달린 것은 비밀입니다. 크큭.

서른 살이 되지 못할 줄 알았습니다

이렇게 저렇게 하지 않던 일들을 합니다. 열심히 걷는 일도 하지 않던 일 중 하나입니다. 걷기 시작하니 이제 늘 그 시간이 기다려집니다. 지금껏 그럭저럭 살아 있기에, 젊다는 오만으로 내가 나를 방치한 게 아닌가 하는 생각도 문득 들었습니다. 이제는 열심히 걸으며 나를 단단히 잡으려 하였습니다. 그런데 나는 시킨 적도 없는 사이드 메뉴가 또 추가되었습니다. 2012년에 갔었던 안과는 확장 이전을 한 2020년에도 나를 기억하고 있었습니다.

"8년 만에 왔네요. 그때는 망막병증이 낫고 괜찮다고 했는데, 지금 안구 CT를 찍어보아야 할 거 같아요. 지금 검사상으로 이상이 보여요. 여기 이 사진 보이죠. 시신경이 굴절됐어요. 어떻게 이렇게 되는지 저도 신기하네요. 각막이 많이 부었고요. 아무래도 녹내장 소견이 보이니까 CT까지 찍고 우리 다시 얘기해요."

멍했습니다. CT를 찍고 나면, 선생님이 본인이 잘못 본거라고 그렇게 얘기하실까요? 아니에요. 병에 관한 한 나는 늘 발목 잡히는 쪽이었으니까, 아마 결국에 이번에도 녹내장이 맞긴 할 거예요. 나는 또 어디까지 가는 걸까요. 생각이 꼬리에 꼬리를 물지만 무너지지는 않습니다. 오늘 렌즈를 끼고 온 터라 안과 렌즈실에 렌즈를 벗어두고 맨 눈으로 있으니 세상에 보이는 게 없습니다. 사실 그래서 잠깐 정신을 잡기가 힘들었던 것 같습니다.

"2012년에 망막병증을 앓았던 것과 투석 받는 게 영향을 끼친 것 같긴 해요. 그런데 진짜 너무 놀라서 검사 결과를 보고 또 보았어요. 본인 나이에 정말 안 맞는 결과예요."

왜요? 한 여든 쯤 되나요?

"환갑이 훨씬 넘은 분의 망막이에요.(전 여든넷 예상했는데 이 정도면 다행이네요.) 정말 야속하게 들리시겠지만요, 절대로 좋아질 수는 없어요. 안압도 평균인데, 녹내장이라니. 신장이 왜 안 좋아졌어요? IGA 신증?"

아뇨. 대학병원에서도 모른다고 하셨어요. 원인을 알 수가 없대요.

"지금 혈압은 있죠?"

네, 신장이 망가지면서 혈압이 높아졌어요.

"혈압 관리 특별히 신경 쓰시고요. 좋아지게 할 수는 없지만, 관리하면서 지금 상태를 지켜갈 수는 있으니까요. 시신경 붉게 된 부분 보이죠? 저기가 지금 시신경이 망가진 거예요. 망막도 얇아져 있고. 원래 샌드위치 세 겹처럼 두툼해야 하거든요? 근데 이게 이렇게 얇아. 사진 요기 보이죠? 요기는 아예 무너져 내렸어. 그래도 잘 온 거예요, 오늘. 녹내장이 이제 막 진행이 시작된 상태예요. 일단 혈압 관리 잘하면서, 제가 약을 좀 쓸 거예요. 근데 신장 때문에 걱정이 되네."

괜찮아요. 어차피 투석 받으니까 써도 되겠다, 하고 다른 선생님들도 다 약 마음대로 쓰세요!

"아. 그건 그렇지. 일주일에 세 번 받나요?"

네네. 월, 수, 금이요.

"그럼 약 독한 거라도 그냥 쓸게요. 아침저녁으로 꼬박꼬박 드시고. 제가 처방하는 안약도 아침저녁으로 꼭 넣으세요. 안약 넣으면 좀 따끔거리고 아플 거예요. 그리고 인공눈물도 농도 진한 걸로 드리니까 수시로 넣으시고요. 한 달 후에 봅시다."

얘기하던 중간에 렌즈는 껴도 되냐고 여쭈었습니다. 이 심각한 순간에도, 렌즈가 중요한 나란 인간. 참으로 요망합니다. 렌즈는 안 된대요. 병원 갈 때고 언제고 늘 렌즈를 착용했는데... 안경 끼고는 거의 안 다녔는데. 이제 못 생기게 살아야 해요. 이제 나의 시신경은 렌즈를 못 버틸 거래요.

"하지만! 모임 같은 때나 중요한 일 있을 때는 끼세요. 그건 어쩔 수 없지."

그럼 원데이 같은 거? 그런 거 한 번씩은 괜찮나요?

서른 살이 되지 못할 줄 알았습니다

"네. 그런 특별한 때만 원데이 착용하시고, 평소에는 안경 착용하세요. 안경 쓰죠? 안경 있죠?"

치킨에 치즈볼처럼, 그렇게 ESRD에 녹내장이 또 추가되었습니다. 안경이나 렌즈 끼면 교정시력이 1.2쯤 되니까 눈에 대해서 그렇게 고민한 적이 없습니다. 사실 초등학생 때부터 늘 시력이 나빠서 새삼스러울 게 없었거든요. 신장이 망가지면서 겪은 고혈압성 망막박리도 반년간의 비참한 시간을 뚫고 사라졌고, 내 인생은 불행하지만 늘 기적이 내포되어 있다고 생각해서 아파도 큰일은 아니라고 여겼습니다. 중간에 특별히 아픈 일이 생겨도, 그것 때문에 울고불고했던 날들도 많았지만 그래 봤자 달라지는건 없었거든요. 그때부터 사고처럼 하나씩 튀어오르는 사이드 메뉴들에 절대로 기죽지 않았습니다.

이번에는 그 전보다 더 나아요. 눈물 한 방울 흘리지 않았습니다. 비참해지지도 않았습니다. 아픈 것은 분명 나의 약점이 맞습니다. 사실 이번 사이드 메뉴 추가로 인해 하나는 포기했습니다. 이제 운명적인 사랑 같은 건 없을 것 같습니다. 병 하나로도 부족해 이런저런 사이드 메뉴까지 한가득 차려진 이 식탁에 내 마음에 쏙 드는 그 멋진 남자를 앉혀두고 싶은 욕심이 싹 사라졌습니다. 물론 실제로 본 적이 없으니, 미지의 인물에 불과하지만요. 나는 여전히 혼자 이 모든 병을 감당할 수 있지만, 그의 마음은 다를 테니까요.

진단받고 투석하는 병원에도 이 사실을 알렸습니다. 원장님이 안타까운 눈빛과 손짓으로 나를 어루만졌습니다. 토닥여주었습니다. 누가 나를 위로하든 나는 위로받을 상태가 아닙니다. 약을 열심히 먹고, 눈이 따가워도 안약을 넣습니다. 인공 눈물도 생각날 때마다 넣습니다. 그래도 이 사이드 메뉴는 절대로 나의 가치를 훼손할 수 없습니다.

방금도 안과에서 처방받은 인공 눈물을 넣었습니다. 내가 할 수 있는 일만 최선을 다해서 하면 됩니다. 이런저런 생각할 필요 없습니다. 다만, 주문하지 않는 병이 자꾸 식탁에 놓이는 삶

서른 살이 되지 못할 줄 알았습니다

이니까 더 재미있게 살아야겠다고 생각합니다. 그리고 더 열심히. 아프니까 삶에서 도망쳤던 그때처럼은 살고 싶지 않습니다. 아플수록 더 아파 보이지 않는 나는 계속 더 삶 속으로 파고들어서 남과 같이 살고 싶습니다. 자꾸 아픈 일에 또 아픈 일이 더해지는 나를 당신은 지겨워할지도 모릅니다. 사실 그래서 대부분의 사람들에게는 이번의 사이드 메뉴 추가까지는 얘기하지 않으려 합니다.

언제나 나를 나로만 보는 가족과 친구 한정으로만 이 사실을 알리려 합니다. 그래서 나의 친한 친구인 독자님들과는 이 사이드 메뉴 추가 사건을 나누기 위해 글을 씁니다. 나는 괜찮습니다. 이 병을 앓기 전과 변함이 없습니다.

'킬리만자로의 표범'이고 싶다

한 때 나는 내가 하이에나 같다고 생각했다. 다른 짐승이 다치거나 죽어 자신의 먹이가 되기를 기다리는 하이에나처럼. 사실 뇌사자 이식을 기다리는 환자라면 누구나 이런 생각을 한 번쯤 하며 살아가는지도 모르겠다. '짐승의 썩은 고기를 기다리는 하이에나보다는 산정 높이 올라가 굶어서 얼어 죽는 한 마리의 표범이 되고 싶다'던 가왕 조용필님의 노래처럼, 나도 지금 그런 인생을 선택해서 살아간다고 생각한다.

어쩌다 이 모양이 되었는지는 모르겠지만, 내 콩팥 두 쪽은 한 방에 같이 사망했다. 그때 나이 25세. 그러니 병원에서는 투석보다는 이식이 더 좋은 치료라고 말했다. 내가 의사 표현을 하기도 전에 이식 코디네이터 선생님과 약속이 잡혔다. "이식에는 생체 이식이 있고, 사후 기증을 통한 이식이 있고. 너에게 콩팥을 줄 수 있는 혈액형은 이러이러하며..."

서른 살이 되지 못할 줄 알았습니다

그때의 나는 이식에 대한 열망이 있었으나, 사실상 포기 상태였다. 갑자기 비싼 이식 비용을 마련할 길이 막막했고 그나마 생체 이식이 제일 빠른 방법인데 그걸 택하면 가족 중 누군가가 희생해야 했으므로 이식이란 건 나와는 관계없는, 꿈같은 일이라고 생각했다. 솔직히 무엇보다 가난한데 아프다는 사실이 너무너무 속상했다. 수요일마다 나오던 병원비 중간 정산 청구서가 제일 싫었다.

늘 내 병실을 지키고 있는, 키 크고 건강해 보이는 동생을 볼 때마다 담당 교수님은 "동생이 이렇게 건강한데 무슨 걱정이야! 살만 좀 빼서 누나한테 콩팥 하나 주면 되겠네~" 하셨다. 담당 교수님이니까 최대한 표정을 구기지 않으려 애썼지만, 내게는 귀하디귀한 동생을 장기 대체품쯤으로 여기는 그 말이 기분 나빴다. 나는 동생에게 콩팥을 맡겨둔 일이 없다. 덜 아파봐서 속으로 이런 생각을 했는지도 모른다. 게다가 교수님은 가장 흔한 이식 사례 중의 하나가 형제간 이식이어서 말씀하신 것뿐일 텐데 기분이 나쁘다니, 혼자 '마이 시스터즈 키퍼' 찍고 앉았네.

동생은 자신이 나에게 콩팥을 주기만 하면, 당장 건강을 회복하는 기적이 있을 것이라는 사실에 펑펑 울면서 살을 빼겠노라 했다. 그러나 나는 앞으로 일어날 모든 일들을 생각하지 않을 수가 없었다. 누나를 살리겠다고 저 어린 나이에 콩팥 한쪽을 잃었다가 앞으로의 삶에 지장이 생기면 어떡하지? 건강에 문제가 생기면? 혹은 사랑하는 여자를 만났는데, '누나한테 장기까지 떼 준 너 같은 남자는 싫어!' 이런다면? 본인의 가정을 꾸리기 선의 가족에게 너무 많은 걸 희생하는 남자와는 가정을 꾸리고 싶지 않을 수도 있으니까. 나에게 콩팥 하나를 준다고 남은 다른 한쪽의 기능에 이상이 생기는 건 아니라고 병원에서 누누이 말했지만, 내가 빼앗아야 하는 입장이 되고 보면 그 말이 곧이곧대로 들리지 않았다.

나는 이제 갓 스물을 넘긴 동생의 미래를 담보로 해서까지 건강해지고 싶은 생각은 추호도 없었다. 그리고 동생의 혈액형은 O형, 나의 혈액형은 A형. 일단 혈액 교차반응 검사나 조직 검사 등을 거쳐야 하겠지만, 혹 조직적합 판정을 받더라도 문

서른 살이 되지 못할 줄 알았습니다

제는 끝나는 게 아니었다. 나에게 콩팥을 떼 주기 위해서 동생이 받아야 할 검사만 해도 수십 가지였다. 그 비용을 다 하면 당시 400만 원 정도, 거기에 우리 둘의 혈액형이 달라서 내가 이식 수술 전에 일주일 동안 주사를 맞아야 하는데 그 주사 비용만 또 500만 원이었다. 쇄골 아래쪽에 주사를 꽂고 다른 혈액형의 장기를 받아들일 수 있도록, 혈액 내에 있는 혈장을 교환하는 10번의 혈장 교환술을 완료해야만 타 혈액형 간의 이식이 가능했다.

그때 입원해 있었던 장기이식 병동에는 동생분에게서 콩팥을 받아 이식 수술을 하신 진주 아주머니가 계셨고, 그분이 나에게 꽤 많은 말씀을 해주셨더랬다. 혈장 교환술을 위해 꽂는 주사가 얼마나 비싸고 아픈지도 그분을 통해 알았다. 풍채도 좋고 씩씩했던 아주머니가 혈장 교환술만 하고 오면 기운이 쭈욱 빠져 실려 들어오곤 했던 모습은 늘 내게 겁나는 광경이었다.

절대로 동생 몸에는 칼을 댈 수 없다는 게 나의 끊임없는 주장이었다. 병원에서는 이식을 권했다. 그러나 이식은 내 형편으로는 엄두도 낼 수 없었고, 그렇다고 투석을 하면서 기약 없는 시간을 버텨내기에도 겁이 났다. 그리고 투석을 오래 할수록 몸이 망가지기 때문에 젊을수록 투석을 거치지 않고 바로 이식을 하는 것이 최선이라는 것도 수많은 검색 지식들이 알려주었다. 만약 집안 형편이 넉넉했다면, 어쩌면 동생이 울고불고 누나에게 자신의 콩팥을 떼어주겠다고 했을 때 받았을지도 모른다. 그런 선택지에 대해 생각해 보지 않은 것은 아니다. 이식을 받고 건강해진 내가 얼마나 많은 일을 할 수 있을지, 얼마나 크게 성공할 수 있는지. 그때의 나는 알고 있었다.

그러나 정말 다행스럽게도 내게 양심을 버릴 기회는 주어지지 않았고, 나는 성공의 근처에도 가 보지 못하고 오늘에 이르렀다. 한 때는 기약 없는 뇌사자 이식 대기자로 기대와 실망을 반복하며 살기도 했지만, 지금은 마음이 편하다. 내 한 몸 건강해지거나 인생의 성공을 위해 남에게 폐 끼치지 않았고, 덕분에 누구에게도 빚지지 않고 오늘까지 떳떳하게 살아있다. 생

서른 살이 되지 못할 줄 알았습니다

활의 불편함쯤은 양심에 비하면 아무것도 아니다. 살아만 있다면, 앞으로 무슨 좋은 일이든 일어날 수 있으니까 절대 주눅들지 않아도 된다.

세상은 생각보다 친절해

투석이 끝나고 엄청 지친 몸으로 버스에 올랐던 어느 날, 노약자석에 털썩하고 앉았다. 얼마 지나지 않아 버스는 북적거리기 시작했고, 영감님 한 분이 버스에 올랐다. 그리고 내 옆에 서서 한참동안 헛기침을 했다. 겉보기에 멀쩡해 보이는 젊은것이 버스 앞의 노약자석에 떡하니 앉아 있는 것이 꼴 보기가 싫었던지, 나이 든 자신에게 자리를 내놓으라는 그런 복잡하고도 단순한 메시지가 담긴 헛기침을 영감님은 뱉어내고 있었다. 평소의 나였다면 겸연쩍은 듯 일어나 자리를 양보했을지도 모를 일이지만 그날은 달랐다.

투석이 힘들었던 그날, 인공신장실을 빠져나와 엘리베이터 앞에 서 있는데 팔에 흐르는 뜨거운 기운을 느꼈다. 지혈이 제대로 되지 않아 왼팔 주삿바늘 자리를 막아둔 지혈 솜을 비집고 피가 흘러내리고 있었다. 지혈이 안 되어 피가 흘러내린 일은 그때가 처음이었다. 놀랐고, 소리 없이 줄줄 흘러내린 피에

서른 살이 되지 못할 줄 알았습니다

급격히 몸이 더 지쳐버렸다.

나는 영감님의 헛기침이 주는 메시지를 듣지 않았다. 그대로 앉아 있는 나를 보던 영감님은 내가 괘씸했는지 나를 한참이나 쏘아보다가, 뒷좌석이 비자마자 그 자리에 앉았다. 그리고 내가 내리는 순간까지 내 등을, 정확히 말하자면 나의 좌석 등받이를 발로 찼다. 내가 앉은 작은 좌석 전체가 울렸다. 서러운 마음에 속이 울렁거렸다.

이제는 그 누구에게도 양보란 없다. 난 이제 지쳤어요, 땡벌. 그럼에도 여전한 문제는, 내가 아픈 사람처럼 보이지 않는다는 것.

얼마 전에도 버스의 노약자석에 앉아 있는데 내 옆에 선 중년 부인과 할머니 두 분이 나를 욕 했다. '젊은것이 어른들 서 계시는데 #@~%^..' 이어폰을 끼고 있어서 욕이 완전하게 들리지 않았고, 내 몸이 힘드니 그냥 무시했다. 여차하면 팔의 흉터를 까고, 내가 지금, 이 버스 안에서 가장 병들었다고, 나랑 병으로 한 번 겨뤄볼 테냐고 소리를 지르면 그만이다. 실제로 그러진 못할 테고, 한 번도 그래본 적은 없다. 다만 안 아파 보여서 욕을 먹어야 하는 일이면 나를 위해 그 정도 각오는 되어 있다는 거지.

투석이 끝나고 잠시 간호사 데스크의 의자에서 숨 고르기를 하는데, 보호사나 환자들이 내가 간호사인 줄 알고 무언가를 묻는다거나 의료기기 관련 회사 직원분이 나를 간호사로 착각하는 일도 흔하다. 기차를 타면, 아프다는 이유로 할인을 받아 좌석 예매를 한 내가 혹시 부정 승차한 것인가 관련 신분증 확인을 꼭 하곤 한다. 겉과 속이 다르다는 건 때로 이토록 참 애매하다.

월요일 오후, 텅 빈 기차 안. 내가 탄 칸에는 승객이 단 두 사람이었고, 가장 후미의 객차여서 승무원들이 많이도 지나갔다. 그중 젊은 승무원이 오가다 나를 보고는 자세를 한껏 낮추고 말을 걸어왔다. "고객님, 대전까지 가시는 거 맞으시고요."

"네." 그리고 나는 이어 말했다. "신분증을 보여 드릴게요."하

고 가방을 뒤졌다. "아, 아닙니다, 고객님! 혹시 하차 시에 도

움이 필요하실까 하여 여쭙는 것입니다." "아, 네. 제가 투석

환자라 어디 다른 곳이 불편한 것은 아닙니다만." "앗, 네 고

객님. 실례가 많았습니다. 즐거운 여행되십시오."하고 젊은 그

는 겸연쩍은 마음이 묻어난, 그러나 무척 환한 미소를 남기고

떠나갔다.

그가 실례가 많았다고 말한 순간 후회가 밀려왔다. 아프지만

난 괜찮아, 아프지만 난 당신들에게 피해 주지 않아요. 늘 속으

로 되뇌던 말이다. 세상은 날카로운 곳이라고 생각했고, 그 세

상이 내게 어떤 못된 행동을 하든 나는 의연하게 그들을 받아

넘기기 위한 준비가 되어 있었다.

넌 아픈데도 참 멀쩡해 보인다, 건강해 보인다. 칭찬인 듯 아

닌 듯 때로 나를 생채기 내는 그 말들 앞에, 나는 나의 아픈 부

분을 감추려 부단히도 노력하며 살았다. 그런데 순수하게 내게 도움을 주려는 사람도 있다는 것을 미처 생각하지 못했다. 그리고 내 캐리어는 작지만 무겁다. 금괴를 싣고 다니는 것도 아닌데. 아마 그는 내가 열차에 오를 때, 낑낑대며 캐리어를 올려두고 내 몸을 싣는 것을 보았을지도 모른다. 그래서 정중하게 도움을 주려한 것인데, 그런 호의를 받아본 일이 없는 나는 그에게 딱딱하게 대답했다. 방어할 생각뿐이었다. 도와준다는 이야기였다면... 도와달라고 할 것을. 그 후, 혹시 다시 그분이 지나가는가 하고 몇 번이고 쳐다보았지만 그는 지나가지 않았다. 나는 금괴가 든 캐리어를 직접 내렸다.

이 일을 되새기는 동안 떠올랐다. 그 언젠가의 기차 안에서도 어떤 젊은 여자 승무원이 내게 이러한 친절을 베풀려고 했던 일이 있었다는 것이. 물론 앞서 신분증 확인을 했다. 그러고 나서 그녀는 내게 도움이 필요할 만한 일이 있는지 물었다. 그저 가방 하나뿐인 단출한 여행이라 도움을 받을 일이 없어서 환하게 웃으며 괜찮다고 얘기 했지만.

서른 살이 되지 못할 줄 알았습니다

의외로 기차에서 신분증 확인만 당한 것은 아니었던 거다. 그래, 세상은 생각보다 친절하다. 내가 친절한 세상을 믿지 않았을 뿐. 앞으로 조금 덜 방어적으로 살아간다면, 친절한 세상을 믿어본다면 어떨까? 덜컹거리는 기차 안에서 혼자 살며시 미소를 지었다.

PART
03

프로투석러의 평범한 하루

나는 정말 말이 많다

씩씩한 투석 환자의 홀로 시술기

배가 고프다. 진짜 진짜 배가 너무 고프다. 어제(월요일) 저녁 8시에 혼자 마지막 식사를 했으니, 12시간 이상 지속되는 공복 상태에 마음이 울적해지려고 한다. 금식 전 마지막 식사이므로 혼자 고기를 구워서, 야무지게 쌈까지 싸서 먹었다. 그런데 금식을 한다고 생각하니 마음이 헛헛해져 빵이 먹고 싶다는 생각이 드는 찰나, 9시 넘어서 회식을 하고 돌아온 엄마 품에는 떡하니 커다란 빵 봉투가 들려있다. 헛헛한 마음을 채우라는 계시가 분명하다. 과일 생크림 빵을 꺼내어 뜯어먹어 버렸다. 생크림이 참 느끼하고 고소하다. 행복의 맛. 금식을 앞둔 환자의 양심상 딱 덩어리의 반만 먹었다. 한 덩어리 다 먹고 싶은 마음을 담아 나머지 반은 대신 옆에 있는 동생 입에 쑤셔 넣어주었다.

새벽 일찍부터 일어나서 준비하고, 반포동에 있는 가톨릭대병원에 왔다. 예약은 오전 10시. 9시 반도 되지 않아 응급실 앞에 도착해서 문진표를 작성한다. 또 잡혔다. 하나도 아파 보이지 않는데 왜 응급실 앞에서 문진표를 작성하느냐는 의구심을 담은 직원의 눈빛. "투석 혈관 시술받으러 와서, 응급실 통해서 가야 해요." 아주 분명하고 또박또박한 말투로, 단호한 눈빛으로 그에게 말을 했다. 환자라는 걸 알고 나서 태도가 사뭇 달라졌다. 혈압계까지 쫓아와서 측정 버튼을 눌러주더니 응급실 입구로 들여보내 주었다. '그래, 그대도 놀랐겠지. 그러나 총각, 포장지만 멀쩡하다우. 속은 썩었어.'

접수를 하고, 응급실에서 쓸데없이 시간을 죽이고 있다. 시술을 받으러 왔으니 얼른 중재 클리닉으로 가고 싶은데 계속 대기만 하게 해서 답답하다. 기다리다가 간호사 데스크에 날좀 풀어주지 않겠냐고 말을 한 참인데, 멀리 반가운 얼굴이 보인다. 중재 신장 클리닉의 간호사 지영 쌤이다. 나를 데리러 오셨나 보다. 야호.

열흘 전쯤부터 왼쪽 팔이 퉁퉁 부었다. 팔뚝 안쪽이 어디에 부딪히거나 스치지 않았는데도 지속적으로 아팠다. 악 소리가 날 것 같았으나 참고 주말을 보냈다. 그리고 새로운 주가 되어 병원에 갔더니 투석기계를 돌리는 데는 문제가 없었고, 아마 팔 안 쪽 어딘가의 혈관이 살짝 터진 것 같다고 했다. 지혈은 잘 되니까, 큰 문제는 아닐 것이니 진통제를 먹으며 며칠 두고 보자고 해서 안심했다.

사나흘쯤 지나니까 붓기도 살짝 가라앉고, 통증도 덜해졌다. 그러나 만지면 아팠다. 또 거기서 이틀쯤 지나니 이제 만져도 통증이 없었다. 다른 투석 환자들은 어떤지 모르겠으나, 나는 투석 초기부터 왼쪽 팔과 오른쪽 팔의 팔뚝 두께가 달랐다. 투석을 하는 왼쪽 팔이, 자유로운 오른쪽 팔보다 6cm가량 굵다. 늘 부어있는 팔에 익숙한 채로 살아가는 셈이다. 그러니 팔이 좀 부어도, 병원에서 괜찮다고 하면 그대로 넘어간다.

서른 살이 되지 못할 줄 알았습니다

월요일 아침, 원장님이 회진을 왔다. 왼쪽 팔 청진을 해보더니 혈관 소리가 시원찮단다. 예전의 수 선생님이 내 귀에 청진기를 꽂아서 동정맥루 소리를 들려준 적이 있는데, 이게 혈관에 이상이 생기면 피융~하고 풍선에서 바람 빠지는 그런 소리가 난다.(청진기 없이 소리를 듣는 방법도 있는데, 잘 때 어린이 베개를 끌어안고 자면 된다. 어린이 베개를 끌어안고 볼을 살포시 대면 귀에 쏙쏙~하는 혈관 소리가 끊임없이 들린다. 한 때는 그게 내 자장가였다.) 아마 월요일 아침에 원장님 귀에도 피융~하고 풍선 바람 빠지는 소리가 났나 보다. "많이 부었었기 때문에 안 그래도 걱정이 됐는데, 혈관 소리가 안 좋네요. 대학병원에 가보는 게 낫겠어요."

우리 병원에서 일단 중재 클리닉 선생님한테 연락을 하니, 선생님이 나에게 직접 연락을 하셨다. 세부 사항은 늘 우리끼리 정한다. "정연씨, 화요일에 교수님이 종일 시술하시고 어시스턴트도 다 있어요. 그러니 그냥 내일 바로 만나죠! 예쁘게 하고 와요, 정연씨~" 데이트 약속을 잡는 것만 같다.

오랜 투병 생활 중, 가장 초기의 1년 반은 아무 일이 없었다. 그리고 중간에 2년 정도의 시간은 기적적으로 시술 한번 없이 지나갔다. 나머지 시간 동안은 몇 달에 한 번씩 주기적으로 갔던 중재 클리닉. K 교수님도, 시술 방 최고참 간호사 O 선생님과도 이미 8년 넘게 만나오고 있는 사이.

그리고 중재 클리닉 모든 스케줄을 관리하는 지영 쌤과 무척 친해서, 사실 시술을 받으러 가는 게 아니라 놀러 가는 마음으로 가곤 한다. 그러나 팔에 구멍 내러 가는 일이 긴장되지 않는 건 절대 아니다. 경기도 북부 끝자락에서 강남까지 가려면 일찍 일어나야 하니까, 이른 시간부터 잠을 청했는데도 도통 잠이 오지 않았다. 새벽 2시가 넘도록 뒤척였다.

응급실에서 받아 든 수술복을 가지고, 응급실을 가로질러 신장 중재 클리닉으로 간다. 여기서 제일 처음 카테터 관을 가슴에 박았더랬다. 투석 관련 시술이 모두 이루어지는 곳. 바깥보다 현저히 낮은 온도의 방으로 들어갔던 처음의 그날은 정신없이 긴장됐었다. 팔에 구멍을 살짝 내서 혈관 조영제

서른 살이 되지 못할 줄 알았습니다

를 투여하니까, 수면 유도제도 필요하다. 언제나 보호자가 함께 했어야 했던 시술. 그랬던 걸 이제 혼자 다니고 있다. 전에는 어찌어찌 엄마나 동생 중 한 사람이 따라가서 수발을 들어주었지만, 2019년 12월에 갑자기 잡힌 시술에는 누구도 따라 올 형편이 되지 않았다. "선생님, 저 혼자 가면 안 되나요?" 입술에 힘이 잔뜩 들어간 채 선생님에게 질문을 했더니 가벼운 톤으로 선생님이 말한다. "정연 씨니까, 혼자 오셔도 될 거 같아요!"

반드시 누군가가 함께 가 주어야만 했던, 그래서 스스로가 너무도 쓸모없게 느껴졌던 날들. 조영제를 투여해도, 수면 유도제가 들어가도 한 시간 혹은 한 시간 반 정도 걸리는 시술 후 나는 늘 비교적 또렷하게 깨어났었다. 물론 그렇지 않았던 때도 있지만. 혼자서 갈 수 있을 것 같았고, 이미 몇 번이고 나는 혼자 그 모든 과정을 해냈다. 나는 스스로의 보호자가 되었고, 모든 과정을 이겨냈다. 물론 수술복 등에 붙은 끈은 선생님이 모두 묶어서 여며주었지만 나는 거의 모든 순간 나의 훌륭한 보호자였다고 생각한다.

신장 중재실 앞에 도착하자마자, 인공신장실 환자들이 쓰는 탈의실로 들어간다. 신장 중재 클리닉에 방문하는 환자들을 위한 사물함 한 칸이 따로 있다. 익숙하게 사물함에 소지품을 넣어두고, 수술복 상의로 갈아입는다. 그리고 중재 클리닉 몇 걸음 전에 있는 사무실에서 선생님과 담소도 나누고, 오른손등에 바늘을 꽂는다. 이제 시술실 안에서 이 통로로 수면 유도제가 들어가겠지. 아픈 바늘인데, 좋아하는 사람이 꽂아주면 안 아프다. 드라마에도 케미가 맞는 남녀 주인공이 있듯이, 간호사 선생님 중에도 나의 여자 주인공들이 몇 분 계신다. 그런 지영 쌤이 아프지 않게 바늘을 찔러주시고, 우리는 끊임없이 담소를 나눈다.

'우리 언제 밥 한번 먹자'는 식의 말을 사람들은 무척 많이 한다. 지영 쌤과 나 사이에도 그런 말이 벌써 오간 적이 있다. 그러나 그것이 진심인지, 인사인지 나는 판별해 낼 길이 없다. 진심이라고 믿고 싶지만, 인사일 수도 있고 인사라고 생각했으나 진심인 경우도 있겠지. 진심이라고 믿고 싶었으나 내 경험

서른 살이 되지 못할 줄 알았습니다

상 인사치레인 경우가 많았다. 나는 사실 빈말을 잘 하지 않는 편이어서, 진심이 아니면 이야기하지 않는다. 그런데 지영 쌤이 대번에 말한다. "나는 마음에 없는 말 하는 성격이 아니에요.", "아, 저도요." 이러면 우리 사이에 더 이상의 설명은 필요 없어진다. 두려울 수밖에 없는 시술 앞에 나는 긴장이 풀렸다.

지난번에도 시술 동의서를 받았던 P 선생님이, 내가 잠시 자리를 비운 사이 나타나 떡 하니 앉아 있었다. 무거워 보이는 패드를 들고 낑낑대고 있다. "어라, 선생님. 지난번에는 종이에다가 사인 받으셨잖아요?"

"아, 이거 바뀐 지 얼마 안 됐어요. 접속이 안 돼서... 나 이 기계 너무 싫어요." 의사 선생님들 중에 의외로 2G폰 이용자가 많다며 지영 쌤이 웃으며 말했다. 옆에 복막 투석실까지 가서 패드를 바꿔오고서야 P 선생님은 시술 동의서 프로그램에 접속할 수 있었다. 터치펜으로 하는 사인은 정말 이상한 줄긋기밖에 되지 않는다. 감도가 엉망이다. 그래도 톱스타가 된 것 같은 마음으로, 최선을 다해서 멋지게 사인을 하자마자 교수실에 계신 교수님과 통화가 되었다. 나는 이제 당당하게 내 발로 걸어서 시술실로 들어간다.

시술실로 들어가자마자 나는 무대에 오른다. 무대에 올라서 똑바로 눕는다. 누우면 유능한 스텝들이 단장을 해주신다. 일단 시술실의 낮은 온도를 견딜 수 있도록 분홍색 이불을 잘 덮어주시고, 다리도 고정해 주신다. 내가 무대를 이탈하지 않도록. 그리고 수술복 뒤에 끈을 끌러서 왼팔을 어여쁘게 까 주신다. 왼팔을 잘 받치고 있어 줄 비장의 무기, 나무판도 덧대어 준다. 머리는 잔머리가 삐져나오지 않도록, 모자를 씌워주신다. 그러고 있으면 지휘자 등장. 교수님은 늘 음악을 틀고 나한테 구멍을 내시는데, 우리는 음악적 취향이 잘 맞는 편이다. 근데 전에는 Maroon5 음악을 들으시더니, 오늘은 이상하게 한국어로 된 가사가 나온다. 그 사이 취향이 바뀌셨나. 내가 아는 한은 늘 팝송이셨는데. 누워있는 입장에서는 가사가 모호하게 들리는 팝송이 편하다. 물론 한국어 가사라고 들리는 건 아니지만.

서른 살이 되지 못할 줄 알았습니다

평소에는 늘 무대 오른편에 있는 시계도 보고, 조영제가 투여되는 광경을 모니터링하며 내 혈관의 어느 지점이 좁아졌나를 본다. 그 모든 걸 볼 수 있게끔 중재실 시술 담당 간호사인 O 선생님은 늘 수술보로 덮인 내 얼굴을 적절히 꺼내 주신다.

그런데 오늘은 이상하다. 교수님이 들어오신 순간부터 음악이 잘 들리지 않는다. 이상하게 나른한 느낌이 든다. 교수님이 증상을 물어보신다. 열흘 전부터 있었던 증상에 대해 또렷하게 말하려고 하는데 혀가 꼬이는 느낌이다. 교수님이 나를 보고 싱긋 눈웃음을 크게 짓는다. 지금까지 중에 가장 환한 미소다. 나도 교수님을 따라서 반달눈을 만들었다. 그러더니 오른손등 위로 엄청나게 차가운 것이 쭈욱 하고 밀려 들어온다. 오늘은 니들을 뭘 쓰시는지(커다란 꼬챙이 같은 걸로 혈관을 쑤신다. 당사자라 직접 그 광경을 보지는 못하지만.), 벌룬(스테인리스로 된 벌룬을 넣어서 혈관에 펌핑질을 해서 좁아진 혈관을 확장 시킴)을 집어넣으셨는지 어쨌는지 아무것도 모르겠다. 이마까지를 덮고 있던 푸른 수술보도 걷어지지 않았다. 비몽사몽간에 갑자기 시술이 끝났다고 했다. 분명 내 발로 무대에서 내려왔는데, 회복실까지 어떻게 갔는지는 생각이 나지 않는다.

회복실에서도 내내 지영 쌤이 옆에 있어 주었다. 이런저런 사는 얘기를 많이 했다. 뽀로로 얘기도 했던 거 같은데, 지금에 와서 떠올리려고 하니 모든 게 흐릿하다. 꿈결 같다. 시술 방에서의 기억이 뚝 끊어져서, 오늘은 저 아무 말도 안 했죠? 엄청 조용했죠? 라며 눈을 반짝이며 물었는데, O 선생님은 그러신다. 오늘도 정연 씨는 말이 많았는데? 아, 나는 또 수면 유도제가 투여된 이후에 뭐라고 지껄였단 말인가. 오늘 유난히 많이 아파서 수면유도제가 평소 이상으로 많이 들어갔다고 하셨다. 아아, 늘 생각한다. 시술 방에 들어갈 때 누군가 나에게 재갈을 물려주었으면 좋겠다고. 나는 정신이 있으나, 없으나 말이 너무 많다.

서른 살이 되지 못할 줄 알았습니다

코로나 동창회
위험접촉 대상자는 아닙니다

안녕하세요, P시 보건소입니다. 이정연 선생님 맞으신가요?

드디어 올 것이 왔구나.

8월 24일에 ****내과 방문하셨죠?

뒤에 말은 들을 필요도 없다. 내가 말을 가로챈다. 네, 병원에서 확진자가 나왔나요?

네, 위험 접촉 대상자는 아니시고요.

위험 접촉 대상자가 아니라고는 하지만, 일단 우리 병원에서 확진자가 나왔다. 코로나 초기에 2~3주간 병원 외래를 아예 폐쇄했었다. 인공 신장실에는 간호사 선생님 십여 명과 환자들, 보호자들만 드나든다. 내부에서는 그 누구도 마스크를 내리거나 벗지 않는다. 그런 시간이 벌써 반년이나 지나갔다. 그런데 연일 확진자가 늘어나는 것이 심상치 않다 싶더니 결국 2020년 여름, 우리 병원에서도 확진자가 나왔다. 보건소에서 얘기하는 '위험 접촉 대상자가 아니다'라는 말이 말장난처럼 들렸다.

보건소 직원분은 나의 모든 질문에 "저는 잘 모르겠고요.." 라며 말끝을 흐리는 일관된 대답을 했다. 당신이 모르면 내가 아나요? 하는 소리가 입 밖으로 나올 뻔했지만 참았다. 최대한 알아보시고 전화를 좀 달라, 투석 환자다 보니 걱정이 많이 된다, 바쁘시겠지만 부탁드린다고 공손하게 밀했다. 그 길로 우리 병원에 전화를 걸었더니, 외래 선생님이 전화를 받았다. 보건소 직원보다 훨씬 더 많은 정보를 내게 주며, "정연아, 걱정하지 마. 이따 다시 전화가 갈 거니까 조금만 기다리고 있어." 라고 달래주었다.

보건소 직원분은 그래도 약속대로 다시 전화를 걸어왔지만, 처음의 답변과 내용에 차이가 없었다. 또 무언가 답해달라고 하면 개인정보이기 때문에 말씀드릴 수가 없단다. 굳이 다시 통화할 필요가 없었던 것 같다. "선생님, 일단 병원은 저희가

방역을 마친 상태고요. CCTV 확인 결과 선생님은 확진자와 직접 접촉이 없으셨기 때문에 위험 접촉 대상자로 분류되지 않으셔서 격리나 검사가 전혀 필요 없으신 상황입니다. 저희 역학조사관들이 판단한 거예요. 병원에 가서 치료받으셔도 되고요, 일상 생활하시면 돼요. 다만, 7일까지 몸 상태를 보시고 혹시라도 이상이 있으시면 꼭 저희 보건소로 연락 주시고 검사받으시면 됩니다."

코로나가 다시 유행할지도 모른다며, 원장님은 만일을 대비해 폐렴 주사를 맞자고 했었다. 신장실 전체 수요를 파악하고 주사제가 들어와 있는 상황이었는데 자꾸 미뤄지고 있어서 불안하던 차, 결국 이런 일이 터졌다. 안 그래도 멀쩡하지 않은 몸, 코로나 감염된다고 크게 억울할 건 없어 보이겠지만 사실 이제는 억울해하고 싶다. 게다가 가족이나 불특정 다수에게 피해를 끼칠 가능성에 대해서 생각하면 머리가 하얘졌다.

가장 믿고 있는 특별한 사람에게 보건소 얘기를 했다. 우리 병원에서 확진자가 나왔다는 말을 전하며 얼마나 걱정할까 싶어서 미안했지만, 그렇다고 나에게 일어난 이런 중대한 일을 절대로 감출 수는 없었다. 얘기를 나누다 보니 안심이 됐다. 분명 괜찮으리라 생각했지만, 그래도 자꾸 불안함이 올라오는 걸 막을 수는 없었다. 얼른 마스크를 착용하고 엄마를 방에서 쫓아낼 수밖에 없었고 보건소, 관련된 모든 기관들에게 쌍욕을 퍼부었다. 그들이 못 들어서 정말 다행이다. 들었으면 아마 심장마비로 돌연사했을 테다.

저녁이 다 되어서야 원장님에게서 직접 연락이 왔다. "정연님, 저예요. 일산에 사는 저희 직원이 교회 지인과 접촉해서 검사를 받았는데 확진 판정을 받았어요. 그래서 저를 비롯한 모든 직원들이 검사를 받았고 음성 판정을 받았습니다. 그래서 병원 운영은 그대로 하는데, 보건소에서 조건을 걸었어요. 환자들이 한 번에 몰리지 않게 시간을 나누고, 환자 간 병상 간 거리를 두고 투석 한 타임이 끝나면 30분씩 소독을 하는 것으로요. 내일 정연님은 10시 정도에 오시면 될 것 같은데 괜찮으

서른 살이 되지 못할 줄 알았습니다

실까요? 불편을 드려서 정말 죄송합니다. 양해해 주셔서 감사해요. 내일 뵙겠습니다." 목소리에 미안함이 묻어났다. 그리고 질문을 할 필요도 없이 궁금한 상황을 확실하게 전달해 주시니 나는 중간중간 그렇게 하겠다고 대답만 할 뿐이었다.

아침이 되어 눈을 떴다. 마음이 무거울 새가 없었다. 당장 챙겨서 나가지 않으면 병원과 약속한 시간에 늦어버릴 정도로, 평소보다 늦게 일어났다. 겨우겨우 10시에 맞춰 병원에 도착했다. 신장실로 들어가려는데 입구가 막혀있다. 외래를 통해서만 들어갈 수 있다고 해서 외래 쪽으로 가보니 어르신들 열댓 분이 앉아 계셨다. 익숙한 얼굴도 있었지만, 평소에는 치료 시간대가 다른 분들 이어서 대부분이 낯선 얼굴이었다. 그래서 또 주목받았다.

키가 크고 정이 많은 박 할머니가 "정연아~ 오랜만이야." 하고 불렀다. 몇 번 마주친 적 있는 퉁퉁하고 인상 좋은 웬 영감님이 나를 뚫어져라 보며 옆에 앉은 박 할머니에게 쟤는 뭐 하는 애인가 묻는 거 같았다. 나는 젊은 나이에 투석 받는 귀여운 애죠, 영감님. 크크크. 이미 소파며 의자며 앉을 자리가 남아 있지 않아서 나는 어정쩡하게 출입구의 혈압 기계 옆에 서서 할머니, 할아버지들과 대화를 하고 있었다. 그러자 외래에서 신장실로 통하는 문이 열리며 익숙한 얼굴이 나타났다.

2012년 3월이었던가. 내가 이 병원에 다닌 지 얼마 안 되어 내 옆 침대에 나타났던 나비넥타이를 맨 멜빵바지 임 힐아비지였다. 지금은 나비넥타이는 하지 않으시지만, 여전히 귀엽게 멜빵바지를 입고 다니신다. 나는 10시 팀인데 할아버지는 새벽 5시부터 투석하는 팀이어서 지금 치료가 끝나셨나 보다. 오랜만이라고 서로 반갑게 인사를 나누었다.

그리고 뒤이어 나타난 얼굴. 까맣고 동그란 테의 안경을 쓴, 키가 작고 까무잡잡한 유 아저씨. 내가 너무 건강해 보여서 처음 봤을 때 나를 간호사로 오인하고 이것저것 질문을 했던 분이었다. 나도 환자라고 말하니 기겁을 하시고, 이후로는 볼 때

서른 살이 되지 못할 줄 알았습니다

마다 가까이 다가와서 꼭 먼저 눈 맞춤 하는 다정한 인사를 하신다. 유 아저씨가 아마 새벽반의 마지막 환자였나 보다. 보건소 역학조사관이 와서 이것저것 지적질을 하는 데다, 간호사가 세 사람뿐이어서 시간이 엄청 지체됐다며 투석 잘 받고 가라고 손을 흔들며 사라지신다.

'이 구역의 미친 X은 나야' 역할을 맡은 김 할아버지가 외래문을 열고 나타났다. 나하고 눈이 마주쳤다. 나는 알 수 없는 기운에 이끌리듯 번호표를 직접 뽑아 공손하게 건네고 여기서 기다리시면 된다고 안내를 했다. 내 침대 머리와 맞닿은 자리의 환자분인데, 세상을 향해 쌍욕 발사하시는 발사대장 영감님이다. 머리칼이 곤두 설만큼 뾰족한 욕을 하시지만, 그다지 미움을 받는 분은 아니다. 실제로 얼굴을 마주한 것은 오늘이 처음이다. 키가 크고 멀끔하게 생긴 할아버지였다. 다들 한 시간 이상을 기다리고 있는데, 딱 20분 기다렸다고 또 병원을 향해 쌍욕을 날리셨지만 말이다. 겉보기에는 멀쩡하다. 욕쟁이에 분노조절 장애라고는 얼굴에 쓰여 있지 않다.(크큭)

오랜만에 심 아저씨와도 인사를 나누었다. 처음 옆 침대에 나타나신 심 아저씨를 보고는 언론사 기자님이신 줄 알았다. 좀 기자님처럼 생기셨다. 본인 옆 공간이 비었다고 부르셔서 살짝 떨어진 상태로 오늘의 사태에 대해서 많은 이야기를 나누었다. 그 옆에는 키가 크고 안경을 낀 임 아저씨가 앉아 계셨는데, 내 침대와 정면으로 마주 보고 있음에도 인사를 나눌 기회가 없었다. 오늘 은 심 아저씨와 나의 대화를 옆에서 가만히 들으며 고개를 끄덕이시는 걸 보고, 이제 다음부터는 인사를 해야지 생각했다.

보건소에서는 확진자에 대해 쉬쉬했지만, 병원에 와서 다른 분들과 얘기하다 보니 결국 누구인지 대충 드러났다. 평소 나와 친한 K 선생님이었다. 지난주 금요일만 해도 내 니들링과 투석 마무리를 해주었고, 내가 무슨 말만 하면 대폭소를 하는 그런 밝고 유쾌한 사람이었다. 24일에는 내 침상이 있는 쪽으로는 거의 오지 않았고, 내가 병원에 올 수 있었던 이유도 K 선생님과의 접촉이 없었기 때문이었겠지만 나는 2시간이나 기다려서

서른 살이 되지 못할 줄 알았습니다

신장실로 들어가자마자 차트부터 확인했다. 월요일, 수요일 각각의 담당 간호사 이름을 본다. 이런 내가 이기적으로 느껴지기도 했지만, 나에게 일어나는 일은 나 혼자만의 일이 아니니까.

평소의 내 자리가 아닌 낯선 침대에서, 평소에 사용하지 않는 타 회사의 투석 기계가 돌아가는 것을 보며 기분이 이상했다. 나는 평소 비브라운의 투석 기계를 사용하고 있는데, 오늘은 FMC 자리에 배정받았다.(FMC와 비브라운은 투석 기계 시장을 양분하고 있다) 생각보다 모두들 평소 같았고, 덕분에 나는 평소보다 더 재밌는 농담 실력을 뽐낼 수 있었다.

단 세 명의 간호사만이 근무할 수 있는 조건에서, 외래 선생님 두 사람과 원장님도 투입되어 기계 조작을 하고 투석이 끝난 붉은 셀 라인을 거둬들였다. 모두들 침상 한 칸씩을 띄우고 치료를 받았고, 전체적으로 모두 침착했다. 물론 같은 공간에서 확진자가 나왔으니, 불안에 떠는 사람도 분명 있었고, 그런 사람에게는 차분한 설명이 건네졌다.

마스크가 답답했다. 그러나 버스에서도 전철에서도 병원에서도 마스크는 강제되었고, 나는 집을 제외한 모든 곳에서 종일 마스크를 끼고 있었다. 뉴스가 코로나로 시끄러울 때도, 잠잠해졌을 때도 내 주변 그 누구도 확진을 받지 않았다. 건너 건너의 누군가가 확진을 받았다는 소식을 들은 바도 없었다. 그러나 결국 나에게도 이런 일은 일어났다. 처음에는 무서웠다. 그러나 외래에서 진료 대기를 하면서 마주한 얼굴들 때문에, 동창회 같은 기분을 느꼈다. 코로나 동창회. 코로나는 오랜만에 반가운 얼굴들을 만나게도 하였고, 어려운 상황에도 사람들이 얼마나 침착할 수 있는지 알게 했다. 누구도 K 선생님 탓을 하지 않았고, 선생님의 동료들도 부직포로 된 방호복과 고글을 쓰고 땀을 흘리지만, 미소를 잃지 않았다.

쉽게 물러갈 놈은 아니지만, 그래도 겁먹지 않고 버티다 보면 또 확진자는 줄어들겠지. 그리고 K 선생님도 건강한 모습으로 돌아올 테고. 모든 게 끝날 날은 반드시 올 거야.

서른 살이 되지 못할 줄 알았습니다

코로나 대소동 (상)

2022년 8월 15일 월요일. 광복절에도 나는 병원에 누워 잠에 빠져 있었다. 투석은 항상 일정한 시간 간격을 두고, 꾸준하게 받는 일이 매우 중요하기 때문에 투석환자에게 스케줄 변경이란 있을 수 없는 일이다.

나는 월, 수, 금 오전반으로 10년 7개월째 투석을 받아오고 있다. 그리고 화, 목, 토에 투석을 받는 분들도 계시기에 병원은 일요일을 제외한 1년 313일 쉬는 법이 없다.(일요일을 제외하면 313 일이라는 계산이다.) 공휴일도, 명절 당일에도 우리는 병원에 간다. 그리고 생일이 월, 수, 금 중에 있으면 조금 우울한 기분으로 병원에 누워 있기도 한다. 10년을 넘게 투석을 하다 보면, 우울한 생일도 꽤 여러 번을 맞이하게 된다.

제일 처음 투석을 하게 된 이후 맞이했던 명절에는, 명절에도 쉬지 않고 돌아가는 병원 시스템이 무척 신기했고, 세상 모두 쉴 때에도 쉬지 못하고 출근하는 간호사 선생님들에게 죄송스러운 마음이 들곤 했다.

하지만 그 모든 희생이, ESRD라는 희귀 난치질환 환자들의 생명을 구하기 위한 일이라고 생각하니 더는 누군가에게 미안해하고 말고 할 일이 아님을 알게 되었다. 그리고 그 이후, 공휴일은 나에게 가장 좋은 날이 되었다. 병원을 오갈 때는, 전철이나 버스를 타는데 공휴일에는 대중교통이 한산하기 때문에 다른 평일들보다 훨씬 좋다! 이 무거운 병 때문에, 때로는 아주 작은 일에도 행복해질 수 있다는 역설은 나를 꽤 자주 웃게 한다.

어쨌든 오늘은 공휴일. 나는 기분 좋게 병원으로 출근해서, 몰려오는 피로를 느끼며 깊은 잠으로 빠져들었다. 요즘 잠이 쉬이 오지 않아 고생하는 중이라, 가장 깊게 잠드는 곳이 바로 병원의 내 침대다.

그렇게 얼마나 잠들어 있었을까? 잠들어 있는 사이에 혈압이 많이 떨어지면, 자연스레 잠에서 깨어난다. 잠에서 깨어나서 하품을 엄청하기 시작하면 그때부터 나는 스스로 침대의 발치를 높여서 조금이라도 저혈압 증상을 막아보려고 노력한다. 오늘도 나는 갑작스레 잠에서 깨어나 침대 발치를 높이기 위해 침대 리모컨을 잡는다. 그 순간 내 몸통에 가지런히 붙어 있던 핸드폰이 웅웅 소리를 내며 울린다. 이상하다. 병원에 누워있는 시간에는 연락이 거의 잘 오지 않는데, 이 진동 소리는 뭔가 불길하다.

　동생은 지난 주말부터 감기 기운이 아주 심했다. 코로나라고는 의심하고 싶지 않았고, 일단 주말 내내 방에서 나오지 않았다. 아, 토요일 저녁에는 얼굴을 보았다. 퇴근하는 나를 태워준다고 하여, 운전석과 조수석에 나란히 앉아 집으로 돌아왔다. 금요일 밤부터 앓았으니, 주말 동안 쉬면 괜찮아질 줄 알았던 아이가 자꾸만 더 감기 증상이 심해지기에 일요일에는 내 신경은 쓰지 말고 무조건 쉬라고 해두었다. 그런 주말을 지난 월요일, 동생이 "미안하다…"라고 카톡을 보내온 것이다!
　동생은 감기가 아닌 코로나였고, 주말 동안에 동생 방을 드나들며 식사를 챙겨주고 약을 먹이고 체온을 측정해 주고 했던 엄마까지 함께 코로나에 감염되었다는 청천벽력 같은 소식.(나는 늘 병원에 드나들기에, 코로나 시대에는 감기에도 걸리면 안 된다고 생각하고 있던 터라 동생과 거의 접촉을 하지 않았다.)

일요일 밤, 회사에서 야근 중이었던 엄마는 목이 따끔함을 느꼈단다. 그 길로 바로 진단 키트를 해 보았고(의료기관이라 키트가 많이 구비되어 있다.) 연하게 두 줄이 떠서, 집에 오사마자 둘이 함께 휴일에도 신속항원검사를 할 수 있는 동네 소아과에 가서 나란히 코로나 양성 진단을 받았단다.

엄마는 직업상 환자들을 많이 대하고, 집에도 환자인 내가 있기 때문에 늘 동선에 신경을 쓰며 지내왔다. 집과 회사만 오갔고, 회식이라 해봤자 아주 가끔씩 팀원들과 식사만 하고 바로 집에 돌아오는 일이 전부였다. 동생은 코로나 백신 2차까지는 아주 조신하게 지냈던 것 같다. 그러나 3차를 맞은 이후부터는 방역 정책이 느슨해지기도 했고, 팀장이라는 직책상

서른 살이 되지 못할 줄 알았습니다

꽤 많은 회식 자리에 다니는 것 같았다. 그런 동생에게, 엄마는 늘 조심하라고 잔소리에 잔소리를 거듭했다. 효과는 없었던 것 같지만.

나는 뭐, 달리 말할 것이 없다. 평일에는 늘 병원과 집만 오갈 뿐이고, 주말에는 출근을 해서 꽤 많은 사람들을 만나지만 손 소독제, 손 소독 티슈는 물론이고 아주 사정없이 손을 씻어 댄 통에 손이 거칠어졌다. 병원에서도 그 어디에서도 마스크는 벗어본 적이 없다.

물론 위기도 많이 있었다. 2020년 8월에는 다니던 병원에서 코로나 환자가 나왔고, 밀접 접촉자로 분류된 것까지는 아니지만 보건소에서 따로 연락을 받았다. 그때는 정말 엄청난 두려움에 떨었었다. 2주간 병원 외에는 밖에 다니지 말고, 증상이 나타나는지 지켜보라는 말을 들었었기 때문이다. 그 전화를 받자마자, 나는 마스크를 쓰고 엄마를 내 방에서 내쫓았다. 내가 코로나에 걸려서 가족들에게 옮기게 되는 위험천만한 상황을

상상했고, 코로나에 걸려서 당장 투석하러 가지 못하면 어떻게
될지에 대해 한참이나 고민했다.

당시의 우리 병원은 초토화가 되었다. 역학 조사를 한다고 보
건소 등에서 나와서 뒤집어 놓았고, 그래서 병원 스케줄이 꼬
이기도 했다. 그 일이 있은 후, 병원은 시간별로 조를 편성해
서 환자를 받기 시작했다. 환자들끼리 부딪히고, 붐비는 상황
도 없애겠다는 계산이었다. 어쨌든 그 난리 통에도 나는 2주간
아무 증상 없이 멀쩡했다.

그 두려움을 벗어난 이후의 가을부터는 아주 철저하게 지켜
야 할 것을 지키며, KTX를 타고 다녔다. 막 연애를 시작한 때
였으므로, 움직이지 않을 도리가 없었다. 재미있는 일이 아무
것도 없었던 나의 인생에 첫 연애는 중요했으니까. 엄청 빈번
한 정도는 아니었지만, 기차를 타고 꽤 자주 서울과 대전을 오
가곤 했다. 코로나 시대에 장거리 이동을 한다는 것이, 때로는
모험처럼 느껴지기도 했다. 늘 신경 썼던 점은, 사람들이 예매

서른 살이 되지 못할 줄 알았습니다

하지 않는 가장 한산한 칸을 찾아내는 것. 코로나 초기에는 국가에서도 방역에 엄청 신경을 써서인지 아예 통로 쪽 좌석은 예매가 되지 않도록 쭉 막아두어서 그나마 안심이 되었었다. 나는 늘 가장 먼저 4인석을 예매해서 혼자 4인석을 차지하고 다니는 안전 여행을 하곤 했었다.

그러는 중에도 다니는 병원에서는 종종 코로나 확진자가 나오곤 했다. 정말 다행스럽게도, 나와 다른 라인의 환자였기에 나의 병원 생활에는 큰 지장이 없었다. 첫 코로나 소동 이후, 2년이 지났다. 이런저런 일들을 겪으며, 2022년 8월에 이르기까지 나는 무사했다. 온 가족이 모두 3차까지 백신 접종을 끝냈다. 나는 투석 환자이며 기저질환자이고, 엄마 또한 기저질환이 있으셔서 늘 조심했고, 지금까지 아무 일이 없었으니 이대로 코로나가 끝날 때까지 기다리면 되겠구나 생각했던 것이 사실이었다. 그런데, 나를 제외한 온 가족이 코로나에 걸려버리다니. 이제 나의 운명은 어찌 될 것인가? 무엇보다 이미 코로나에 걸려있던 동생과는 주말 밤에 함께 차를 타고 귀가하였으니, 아직 증상이 없는 것 같은 나도 사실은 잠복기인 것이 아닐까? 두려움이 고개를 꼿꼿하게 들었다.

동생에게 온 가족 확진 소식을 듣자마자, 경주 선생님께 알렸다. 말씀드릴 때 마스크 위에다 또 손바닥을 가져다 대고 입을 가렸더니, 오늘 아침 니들링 할 때 우리가 얼마나 대화를 많이 했는지 아냐며, 이제 와 내외하지 말라고 웃어주셨다. 그리고는 길쭉한 검사용 면봉을 가지고 와서 내 코를 깊게 쑤셔주셨다. 나는 순식간에 겁쟁이가 되었다. 나를 걱정해서 얼굴을 만져주려는 홍숙 선생님의 손길도 마다 했더니, 선생님이 그대로 나를 향해 손을 뻗었다. 볼에 따스한 손길이 닿았다. 가족들이 걸린 거고, 정연 씨는 괜찮을 거라는 선생님의 말씀에 아주 조금 안심이 되었다.

검사 결과는 음성이었다. 그러나 이제부터가 문제였다. 나는 아주 아주 쪼그라든 상태로, 경주 선생님께 받은 장갑 한 켤레를 손에 꼭 쥔 채로 전철역을 향해 걸었다.

서른 살이 되지 못할 줄 알았습니다

코로나 대소동 (하)

　나는 집으로 돌아갈 수 없었다. 아직 잠복기일 수도 있다는 가능성에서 자유로울 순 없었지만 일단은 가족들과 분리되는 것이 필요할 것 같았다. 동생도 내가 집에 머무르는 것은 너무 큰 위험을 떠안는 일이라며, 집을 나가서 지낼 것을 권했다. 가족들은 확진된 시점부터 이미 자가 격리가 시작된 상태였다.

　갑작스럽게 온 가족 확진이라는 상황에 놓이고 보니, 머리 회전이 전혀 되질 않았다. 일단은 나도 확진일 경우에 어떻게 해야 하는지 병원에 알아보았다. 코로나에 걸린 투석 환자들만 모여서 치료받을 수 있는 투석 지정병원이 일산에 있다고 했다. 혹시라도 내가 확진인 상황이 오면, 그쪽 병원으로 가면 된다는 안내를 받았다. 그리고 웬만하면 집으로 돌아가지 말 것을 권유받았지만, 핸드폰과 지갑밖에 가진 것이 없는 상황에서 무작정 바깥 생활을 시작할 수는 없는 노릇. 짐을 챙기러 집에 가야 한다고 했더니, 경주 선생님은 마스크 두 장과 장갑을 끼고 집 안에 들어가 서 빠르게 짐만 챙겨서 나오라며, 장갑을 두 켤레 챙겨주었다.

나도 확진일지 모른다는 두려움에, 집 근처의 전철역에 도착해서도 한참을 플랫폼에서 서성이며 고민했다. 이대로 무작정 집으로 가서 짐을 챙길 것이 아니라, 일단 신속항원검사를 할 수 있는 병원을 찾아서 검사부터 받아보아야겠다는 결론에 도달했다. 그러나 오늘은 공휴일. 휴일에도 검사가 가능한 병원 목록을 찾아서 전화를 해 보았지만, 아무리 걸어도 응답이 없었다. 어쩔 수 없이 전철역에서 여분의 마스크를 사서, 집으로 갔다.

현관문 앞에 도착해서, 장갑을 끼고 마스크를 하나 더 덧쓴 다음에 벨을 눌렀다. 내가 집으로 돌아왔으니, 모두 각자의 방으로 돌아가라는 신호였다. 그러나 엄마는 신호를 알아차리지도 못하고 문을 열어 나를 반기려 하였다. 나는 안으로 들어가라고 소리를 꽥 질렀다. 동생에게 엄마 단속을 해달라고 전화를 하고서야 현관문 안으로 들어가 내 방으로 쏙 들어갔다. 막막했다. 살면서 가출도, 자취도 해보지 않은 내가 바깥 생활을 위해 짐을 챙겨야 하다니. 일단 캐리어를 펼치고, 앞으로 밖에서 일주일 동안 지낼 짐을 꾸리기 시작했다. 사실 계산 같은 건 되지 않아서, 닥치는 대로 필요한 것들을 캐리어에 쓸어 담았다. 지금까지의 인생 동안 참으로 많은 일을 겪었지만, 이번처럼 사고가 정지되는 일은 처음이었다. 꽤나 무거워진 캐리어를 끌고, 나는 뒤도 돌아보지 않고 집을 나왔다.

아까 전철역에서 호텔 예약을 해두었다. 수요일 아침 병원에 투석하러 가기 전까지 지내야 했기에, 병원에서 가까운 곳으로. 소중한 사람은 수시로 나와 통화를 하며, 나를 챙겨주었다. 오롯이 혼자인 고독한 시간에 유일하게 함께 해준 사람이었다. 그리고, 평소에는 필요한 일이 아니면 메시지나 통화를 하지 않았던 동생과도 엄청 많은 연락을 주고받았다. 나는 15일 밤, 단 한숨도 자지 못했다.

'코로나일지도 모른다.'라는 생각은 상처를 덮은 피딱지처럼 단단하게 내게 딱 달라붙어 있었다. 그래서 소중한 사람과 통화를 하면서도, "혹시 나 코로나 아닐까요?"라는 말을 반복했다. 딱히 아픈 곳이 없는데도, 뭔가 목이 간질거리는 것 같기도 하고 코가 막힌 것처럼도 느껴졌다. 객실 에어컨 바람이 너무 세서, 에어컨을 꺼놓고는 열이 나는 것 같다고도 웅얼거렸다.(더워서 그런거였다...) 냄새도 맡을 수가 있고, 대체로 모든 감각은 이상이 없는데도 그렇게 무서웠다. 소중한 사람은 아주아주 깊은 새벽까지 나를 안심시키고는, 조금 쉬라고 토닥여주고는 자러 갔다. 나는 작은 객실의 커다란 침대에 웅크리고 누워, 보지도 않는 티브이를 켜 두고 눈을 멀뚱하게 뜨고 있었다.

신속항원검사든 PCR이든, 음성이라는 것을 확인하기까지는 잠들 수가 없을 것 같았다. 나는 계속해서 코를 킁킁거리며, 내 코가 제대로 기능하는지를 확인했다. 냄새는 끊임없이 확인되었고, 그렇게 긴장이 조금 풀어진 나는 티브이에서 아주 오래된 드라마를 보았다. 2002년에 방송했던 '인어아가씨'가 흘러나오기에 홀린 듯이 드라마로 빠져들었다. 드라마를 길게 보고 나니, 아침 해가 불쑥 떠올랐고 나는 샤워를 했다.

오전 9시를 한참 지난 때, 나는 비로소 옷을 입고 길을 나섰다. 좋은 호텔은 아니지만, 시내 중심가에 있는 곳이어서 우리 병원도 가깝고 검사를 할 만한 병원들도 모두 가까이에 있었다. 나는 2011년에 처음으로 내 신장이 이상하다는 것을 밝혀내 주신 윤 선생님네 내과에 갈 것이다. 호텔을 나와서 길을 건넜다. 8월의 한여름인 것을 잠깐이라도 잊게 할 만큼 시원한 바람이 불었다. 기분이 좋아져서, 어쩌면 내가 바라던 결과를 얻을지도 모른다는 생각이 스쳐서 마스크 속에서 미소를 지었다.

10여 분을 걸어서 도착한 윤 선생님네 내과는 전쟁통이 따로 없었다. 사람이 바글바글했고, 방금 나를 스쳐 지나간 사람들이 연이어 '양성 확인서'를 발급해달라고 말하고 있었다. 검사를 받았음직한 사람 모두가 양성이었다. 곳곳에 기침을 하는 사람이 있었고, 일반 환자들과 검사하는 사람 간에 구별이 없었다. 나는 사람들과 멀찍이 떨어져서 혼자 서 있었다.

병원 측에서는 코로나 검사를 하러 온 사람들을 한데 모았다. 나는 졸지에 마스크를 내리고 기침을 해대는 할머니와 마른기침을 하는 청년 사이에 끼어버렸다. 코로나에 걸리지 않았더라도, 오늘 이 시간, 이곳에서 걸릴 것만 같은 느낌이다. 다들 너무 하는구먼.

꽤나 긴 시간을 기다린 끝에, 문진을 하러 윤 선생님이 오셨다. 검사자들은 차례로 본인의 증상을 이야기했다. 나는 아무런 증상이 없다고, 가족들이 모두 걸려서 검사를 받으러 왔다고 하니까 어차피 음성일 텐데 왜 왔냐고 하신다. 투석 환자라는 정보를 덧붙였더니, 그럼 검사 꼭 해야지. 태세 전환이 아주 빠르시다. 문진 이후, 임상병리사님이 차례로 코를 깊게 쑤셔주셨고 시간이 조금 지난 뒤, 나만 코로나 검사 대열에서 나오라고 하셨다. '음성일 것 같다'는 이유로. 그리고 10분이 지났을까? 나와 함께 대열을 이루었던 모두가 양성 판정을 받았다.

그리고 진료실로 불려 들어갔다. 음성이란다. 음성이어서, 특별히 나만 진료실로 불려 들어갔던 것이었다. 휘유. 이제야 조금 마음이 놓인다. 그리고 윤 선생님을 만난 김에 말씀을 드렸다. "10년 전에 선생님께서 초음파로 제 신장에 이상이 있는 걸 발견해 주셨어요. 덕분에 지금까지 투석 치료 잘 받고 있습니다. 어떻게 10년 전이랑 지금이랑 변함이 없이 그대로세요." "아, 그렇습니까. 하하하하. 이제는 나이가 많아서 초음파는 안 해요." 서울대병원 근처의 수없이 많은 내과들을 돌아다녀도(당시 근무지가 근처였다), 의사 중 그 누구도 몰랐던 나의 신장 이상을 유일하게 알아채신 늙고 자그마한 이 의사 선생님을 11년 동안 한 번도 잊어본 적이 없다. 그가 어린애 대하듯 했던 그때의 나는 이제 이렇게 나이가 들어버려서, 그는 내게 낯선 존댓말을 쓰고 있지만 여전히 나는 그를 가깝게 느끼며 감사하고 있다.

밤을 새워가며 떨었는데, 결국 음성이구나. 코로나 검사를 기다리는 동안, 우리 병원(투석을 받는 곳)에서 연락이 왔었다. 나를 걱정하는 치프 선생님은 결과가 나오면 알려달라고 하셨다. 그래서 병원에 제대로 서류를 제출해야 할 것 같아서 접수처에 '음성 확인서'를 발급해줄 것을 요청했다. 나는 감격스러운 마음으로 조심스럽게 가슴에 음성 확인서를 안고 다시 호텔로 돌아왔다. 돌아오는 길에, 이 동네에서 가장 역사가 긴 호텔 근처의 파스타집에서 가장 좋아하는 메뉴를 포장해가지고 왔다. 혼자서 코로나 음성 기념 식사를 했다. 그리고 저녁이 되어, 까무룩 잠이 들었다가 깨어나니 시간은 3시간 정도가 지나서 밤이 되어있었다.

음성인 것을 확인하기까지 잠 한숨 자지 못했는데도, 그 이후 나는 또 잠들지 못했다. 혼자서 밖에 나와서 자는 일은 한 번도 없었기 때문인지 낯설고 무섭다는 감정은 좀처럼 가라앉지 않았다. 그러다 새벽에 잠깐 잠이 들었었는데, 헛것을 보았다. 숙박비도 저렴하고, 병원과도 가까워서 대충 금요일 아침 체크아웃까지는 버티려 했건만 도저히 이곳은 안 되겠다는 판단이 섰다. 몇 시간의 사투 끝에, 에어비앤비에서 신도시 쪽의 오피스텔을 찾아냈고 예약을 마쳤다. 해가 뜨자마자 나는 도망치듯 호텔을 나왔다.

서른 살이 되지 못할 줄 알았습니다

월요일부터 수요일 아침까지의 수면시간을 다 합쳐서 세 시간을 조금 넘는다니... 나는 병원에 당당하게 음성 확인서를 제출하고, 내 자리로 가서 투석 준비를 시작했다. 치료를 위해 이제 막 누우려던 찰나, 내 옆 침대로 누군가 기침을 하며 걸어온다. 그리고 집에서 자가진단키트를 해 봤는데, 양성이 나왔다고 말씀하신다. 그 말을 듣자마자, 간호사 선생님들은 그분을 유리로 된 격리실로 모셨다. 그리고 또 다른 선생님이 자리 소독을 하셨다. 세상에. 음성 확인서를 내자마자, 또 바로 옆자리 환자분이 양성이라니. 내 인생도 참 순한 맛은 아니다.

지금 당장 괜찮다고 해서 안심할 수 없다. 겸허한 마음으로, 늘 조심해야겠다고 다짐하며 수요일부터 토요일 오전까지는 아주 편안하고 좋은 숙소에서 지냈다. 꽤 널찍한 오피스텔에서, 빨래도 하고 설거지와 청소도 하며 나는 코로나 격리가 아닌 독립생활을 하는 기분으로 지내며 조금씩 피로와 힘겨웠던 마음을 덜어내고 있었다. 주말에는 출근해서 열심히 일을 했고, 일요일 밤이 되어서야 집으로 돌아올 수 있었다. 내가 집에 도착한 지 2시간이 지나서, 드디어 가족들의 자가격리는 끝이 났다.

밖에서 혼자 지내는 것은 내게 참으로 힘든 일이고, 또 나름대로 좋은 경험이 되기도 했다. 혼자서는 절대 살 수 없다고 말하던 내가, 그래도 철저히 혼자 지내는 시간들을 꽤 부지런하고 즐겁게 보낼 수 있다는 것도 알게 되었다. 에어비앤비로 구했던 오피스텔에서 나오면서는, 처음 내가 들어가던 때와 똑같은 상태로 되돌려 놓고 나와서 호스트님에게 길고 긴 메시지를 받기도 했다. 혼자서 힘겨웠지만, 혼자서 해낸 그 모든 일들은 스스로를 칭찬하게 만들기도 했다.

가족들이 참 많이 그리웠고, 크지 않은 나의 문간방에 너무나도 돌아가고 싶었다. 각자의 방에서 각자 할 일을 하더라도, 한 현관문 안에 있는 가족의 존재가 얼마나 따뜻하고 위안이 되는지를 새삼 깨달았다. 가족 모두에게 친절해져야지, 그리고 바깥 생활을 하는 내내 유선상으로 함께 해 주고 늘 걱정해 주었던 소중한 사람에게도 잘해주어야지. 혼자만의 시간은 너무나도 힘들었고, 너무나도 뜻깊었다. 우리는 결국 또 이렇게, 모두 무사하다. 감사할 일이다.

일주일간의 바깥 생활을 끝내고 집으로 돌아온 지도 얼추 열흘이 됐다. 아, 그러고 보니 내 옆 침대에 계시던 환자분은 어떻게 되셨을까? 그분도 확진된 후 일주일쯤 지났으니 언제쯤 병원으로 돌아오실지가 궁금해서, 니들링을 해주시던 선생님께 여쭈었더니 상태가 악화되어 입원하셨단다. 그리고 뒤이어서 하시는 말씀. 정연씨 숙이 알지? 나는 숙이 씨를 안다. 병원을 옮긴 지 1년이 다 되도록 아는 환자 한 명 없었던 내게 아기 같고 덩치가 큰 숙이 씨는 참으로 눈에 띄는 사람이었다. 나보다도 어려 보이는 얼굴의 숙이 씨는 수더분한 차림새에 키도 덩치도 크고 행동이 아기 같은, 지적 장애를 가진 사람이었다. 엑스레이 검사를 자꾸 안 하고 가버려서, 선생님에게 손이 붙들려 외래로 가는 모습을 몇 번이나 본 적이 있다. 그랬던 숙이 씨는 코로나에 걸리자마자, 죽었단다. 원래 심장도 좋지 않았던 탓에 코로나를 이겨 내지 못했다고 하는데, 그 이야기를 듣자마자 생각했다. 나는 또 살아남았구나. 같은 공간에서 똑같은 치료를 받던 환자들이 죽는 일은 늘 내게 충격적이다.

그리고, 가족들의 감염 이전에도 나는 늘 위험한 상태였다. 사실 어디에서 감염되더라도 이상할 것이 없을 정도로, 희귀난치병을 앓는 사람들에게 세상은 위험한 곳이었다. 다니는 병원들에서도 코로나 확진자는 간헐적으로, 그리고 꾸준히 발생했다. 다만 그중에 코로나로 목숨을 잃은 사람은 없었다. 그런데 8월의 마지막 날 숙이 씨의 죽음 이야기를 듣고서 나는 생각한다. 살아간다는 일은 참으로 덧없는 것이구나. 오늘 죽을 수도, 내일 죽을 수도 있는 것이 인생이로구나. 그러나 나는 이번에도 또 살아남았으므로, 내게 주어진 삶에 조금 더 감사하고 행복해할 필요가 있겠구나. 또 위험에서 나를 살려낸 이 우주는, 대체 어떤 계획을 갖고 있을지 궁금해지기 시작했다.

서른 살이 되지 못할 줄 알았습니다

씨버 러버의 종말

지난주 언젠가 갑자기 카카오톡 추천 친구에 낯선 남자 이름이 떴다. 누구인지 그 이름을 물끄러미 보았다. 추천 친구에 떴다는 것은 상대가 내 번호를 갖고 있다는 의미인데, 대체 누구일까... 나는 회사 분들이나 그 관계되는 분들은 카톡에 뜨지 않게끔 설정해 두었고, 친구는 별로 없어서 카톡 목록이 무척 단출하다. 그 짧디짧은 목록에 불쑥 나타난 그의 파괴력은 꽤나 컸다.

한참이나 있다가 떠오른 그는 한때 아주 잠깐 좋아했던 사람이었다. 그 친구와는 취미로 하던 커뮤니티 같은 곳에서 알게 되어 연락을 주고받게 되었다. 나는 본디 사람들에게 보이지 않게 선을 긋는 타입인데 아프고 나서는 그게 더욱 심해졌다. 특히 이성에게는 선 긋기가 더욱 심해서, 웬만해서는 대화를 하려 하지 않는 편이었다. 그런데 그 친구는 스스럼없이 내게 다가왔고, 이전부터 나와 가까워지고 싶었다고 말했다. 하는 말마다 따뜻한 햇살 같은 친구였다. 나는 아픈 주제에 누군가의 마음에 들어가는 것은 양심이 없는 일이라 생각해서, 처음부터 선을 그었다. 나는 아파. 그냥 좋은 친구로 지내는 거면 상관없지만, 나를 여자로 보진 마.

그는 말했다. "요즘 세상에 안 아픈 사람이 어딨어? 너는 아파도 남한테 피해 주지 않고 이렇게 씩씩하게 잘 살아가잖아. 나는 네가 너무 마음에 들어."

나는 조금 마음을 놓았다. 이 친구라면 한 번 만나보아도 괜찮겠지, 하는 생각이 들었다. 그는 워낙 바쁜 일을 하는 사람이라, 틈날 때마다 연락을 하고 퇴근을 하면 또 퇴근을 했다고 보고를 했다. 그리고 퇴근 후 어딘가 외출을 하면, 누구와 어디를 가서 무얼 할 예정이라고 내게 알려주었다. 사실 그가 하는 일이라곤 친한 형과 저녁 먹으러 시내에 나가는 일이 대부분이라, 나는 그런 그의 인간관계가 퍽 마음에 들었다. 나를 만나기 이전에 여성과의 만남이 없었던 것은 아니었지만, 쓸데없이 여사친 이야기를 지껄이지 않는 폼이, 남사친 따위 없는 내게는 딱 맞는 남자라는 생각이 들었던 것이다.

우리는 그렇게 사귀는 사이는 아니지만 매우 친밀한 상태로 지내고 있었다. 그는 늘 내가 그의 0순위라고 느끼게 만들었고, 이것이 말로만 듣던 썸임이 분명했다. 서로 바빴기 때문에, 톡을 하고 전화를 하는 것이 전부였지만 우리는 어렴풋이 알고 있었다. 만날 약속을 잡고 사진 속 그 사람을 눈앞에 마주하는 순간 서로가 서로에게 특별한 사람이 될 것임을. 우리는 전화나 카톡을 하며 함께 음악 경연프로를 보았고, 그는 내가 읽고 있는 책을 궁금해했다. 그리고 늘 서로의 일상을 공유했다. 매일의 꾸준한 통화로 우리는 서로에 대해 꽤 많은 것을 알게 되었고, 그는 말했다. 너처럼 특이하고 매력적이면서 바른 여자는 처음이야. 너무 마음에 들어.

그는 나의 모든 것을 마음에 들어 했다. 이런 일은 내게 처음 있는 일이었다. 아프고 나서, 일 관계로 아는 친구들이 두어 번

소개팅을 시켜준 일이 있었다. 그러나 단발성 만남에 그치거나, 만남 전에 내가 스스로 나의 '병'을 밝히는 바람에 상대편이 매우 겁을 내고 도망친 적은 있었다. 말기신부전이 법정 감염병도 아닌데 말이지. 그에게 '아프다'고만 말한 것이 마음에 걸렸지만, 그는 다르리라고 생각했다. 아니면 내 스스로도 예감했는지 모른다. 겁이 나서 '아프다'고만 말했는지도.

그리고 언제나 슬픈 예감은 빗나가는 법이 없다. 그도 다른 사람과 다르지 않았다. 역시나. 어느 날, 내가 몸이 좋지 않아 시술을 받았던 그날. 대학병원에 있느라 그의 연락을 받지 못했고, 뒤늦게 그에게 메시지를 보냈을 때 그가 대뜸 물었다. "너... 혹시 투석해?" 이전에 아픈 곳이 신장이라고 말한 적이 있었고, 그가 결국 눈치를 채고서 내게 물은 것이다. 내가 대답을 하자, 그는 잠깐 숨을 고르더니 대뜸 말했다. "우리 여기서 그만하자."

나의 모든 것이 마음에 들지만, 내가 아픈 것만은 감당할 수가 없다는 말. 자신은 나와 사귀게 되면 결혼을 염두에 두고 만

서른 살이 되지 못할 줄 알았습니다

날 거였단다. 하지만 아픈 사람을 평생 감당할 자신이 없으니, 서로의 마음이 깊어지기 전에, 시작하기도 전에 여기서 멈추자는 말. 솔직히 당황스러웠다. 나는 본디 결혼 생각도 없었는데 그는 나와 너무 먼 미래까지 내다보았다. 슬픔에 앞서, 내가 그와 결혼할 생각이 없어서 정말 다행이라는 생각마저 들었다. 물론 그 순간만큼은 하늘이 무너질 만큼 슬펐다. 대학병원 침대에서 하염없이 울었던 기억이 난다. 그는 내게 미안해했다. "하지만 정연이라는 사람은 너무 좋으니, 인연이 끊어지는 것은 원하지 않아. 우리 친구로 지낼래?"

나는 그의 말에 그러고 싶지 않다고 빠르게 답했다. 그리고 고마웠다고 말한 후 그와의 카톡방을 나왔다. 재빠르게 그의 번호도 지웠다.

한 이틀쯤은 그의 전화를 기다렸다. 나는 아프지만, 나 스스로를 책임지며 살고 있었고 무엇보다 건강했다. 그가 마음을 고쳐먹고 나를 한 번이라도 만나보기를 바랐다. 그러나 이틀이

지나도록 그에게서는 연락이 오지 않았다. 나는 입술을 깨물고 그와의 모든 통화기록을 지웠다.

 방법이 없었다. 내 외모나 성격이 불만이라면, 노력해서 변화하면 되는 일이었다. 가난이 문제라면, 돈 버는 방법을 찾아내는 일이면 됐다. 그러나 그는 내가 아픈 것이 싫다고 했고, 나는 내가 아프다는 사실에서 벗어날 수가 없었다. 그래서 나는 며칠을 울면서 누워있었다. 눈을 감고, 그를 잊겠다고 입술을 깨물고 또 깨물었다. 그와 알고 지낸 시간은 고작 짧은 봄, 한 계절도 되지 않았지만, 처음으로 누군가에게 나다운 모습을 보여주었고, 그는 그 모습을 그대로 좋아해 주었기에 꽤 아팠다. 하지만 내가 아파서, 단지 그것 때문에 나를 만나지 않겠다는 사람이라면 나도 사양이다.

 나는 그렇게 플랫폼에 혼자가 되었다. 햇살은 찬란했고, 나는 여전히 젊고 빛났다. 나는 아프다. 죽지 않는 한, 영원히 이 병에서 벗어날 수 없다. 그러나 나는 나를 책임지며 살고 있고,

서른 살이 되지 못할 줄 알았습니다

나는 여전히 나를 사랑한다. 아니, 그에게 상처받기 이전보다 나를 더욱 사랑한다.

그리고 생각했다. 다시는, 다시는. 다시는 누군가를 내 인생에 들여놓을 생각 따위 하지 말아야지. 내게 호의를 보이는 사람에게 속지 말아야지. 아마, 앞으로도 내 인생에 영원히 사랑은 없을 테지만 내가 나를 사랑하므로 괜찮다.

그 일이 벌써 5년 전이었던가... 그리고 그와는 아무것도 하지 않았기 때문인지, 정말로 기억에서 깨끗하게 지워졌었다. 그런데 고작 추천 친구에 뜬 세 글자 이름에, 그의 생각이 났다. 그리고 그에게 거부당했던 일까지가 떠올라 나는 아주 잠깐 울었다.

여기선 내가 유명인사

아픈 일은 어쩔 수 없는 나의 콤플렉스다. 이것을 이해하는 사람은 내 주변에 다섯 손가락으로 겨우 셀만큼이다. 그마저도 손가락이 남을지 모르지. 그리고 나머지 세상의 전부는 그것을 이해하지 못하는 사람들이므로, 내 마음을 있는 그대로 말하기란 늘 꺼려지는 일이지만 하고픈 말은 꼭 하고야 마는 성격상 이 말을 뱉을 수밖에 없다. 나는 아프다는 사실을 늘 최대의 콤플렉스로 여기고 있다.

허리가 아파서 시작된 정형외과에서의 치료가 새로운 달을 맞았다. 아프다는 것은 내게 늘 콤플렉스고 족쇄이지만, 병원에서는 특별해질 수 있어서 좋다. 병원에 두어 번 들렀을 뿐인데도 접수대 선생님은 내 예약 전화를 받자마자, "네, 이정연 님."하고 알은체를 한다. 안녕하세요, 예약 시간 좀 바꾸려고 하는데요, 밖에 말을 안 했는데 말이지. 순간 내 애인인 줄 알았다. 목소리만 듣고 나인 줄 아시다니.

서른 살이 되지 못할 줄 알았습니다

이 정형외과의 원장 선생님은 통증 부위에 대해 이야기도 길게 나누고, 세심하게 촉진하시기 때문에 진료 시간이 다른 병원의 몇 배다. 그래서 대부분의 환자들이 예약을 하고 오는 편인데, 어느 날인가 진료와 물리치료가 끝난 후 수납을 하고 다음 예약을 잡으려 접수대로 가니 처음 뵙는 여자 선생님이 물으신다. "월요일에 앞의 병원(투석) 갔다가 오시는 건가요? 시간을 언제로 잡아드리는 게 편하실까요?" 어떻게 이 병원에는 나를 모르는 분이 없지, 싶은 생각이 들면서 웃음이 났다. 심지어 내 입장에서는 처음 뵙는 낯선 얼굴의 선생님도 말이지.

나는 김태희가 아니다. 누구든 기억할 만큼 예쁘거나 인상이 뚜렷하지도 않다. 그러나 젊은 투석 환자라는 특이성이, 병원에서만큼은 나를 특별하게 만들어준다. 특별히 무언가 하지 않아도 내 얼굴과 이름쯤은 가볍게 기억하게 하는 나의 콤플렉스가 이럴 때는 무척 쓸모 있게 느껴진다.

오늘도 병원에 들어서자마자, 접수대의 잘생긴 남자 선생님이 "네, 이정연 님 접수해드렸어요." 하신다. 워워, 저 아직 접수대로 가지도 않았는데요. 혼자 속으로 말하고, 마스크 안에서 씨익 웃으며 "감사합니다." 외치고는 소파에 앉는다.

그리고 진료를 기다리는 30여 분 동안 글을 쓴다. 아픈 것은 나의 콤플렉스다. 결코 바꿀 수 없을 현실이지만, 기왕이면 아주 오래오래 이렇게 특별한 환자로 살아가고 싶다고 생각한다. 가는 세월도 막을 수가 없고, 해마다 바뀌어 가는 나이도 어찌할 도리는 없지만 오늘 밤에는 팩을 해야겠다. 아주 조금이라도 더, 젊고 귀여운 희귀 난치병 환자로 살아야겠으니까.

월요일 출근길

　반드시 7시 50분 전철을 탄다. 그러면 8시 1분에 내릴 역에 도달한다. 커다란 역사를 빠져나가서 건널목에서 신호를 기다린다. 초록불에 모르는 이들과 우르르 길을 건넌다. 나는 이미 목적지에 도착한 아침인데, 건너편의 사람들은 목적지를 향해 떠나야 하므로 잰걸음으로 달리다시피 한다.

　건널목을 건너면 바로 2번째 건물이 나의 종착지. 무거운 유리문을 오른쪽 어깨로 두 번 밀고서 중앙의 에스컬레이터를 돌아 왼쪽으로 꺾으면 금빛으로 반짝이는 엘리베이터가 있다. 10층에 있는 엘리베이터를 끌어다 탄다. 숫자 6 버튼에 빨간 불이 들어오게 누른다. 땡, 6층에 도착. 6층은 작은 식당과 꽤 너른 약국, 그리고 '매우 큰 상자'의 상영관이 왼쪽으로 자리 잡고 있다. 오른쪽은 모조리 우리 병원. 역에 도착해서 병원에 도달하기까지도 5~6분이 걸린다. 이게 내 평일의 출근길 여정. 역에 내려서, 역 바로 앞의 건물 6층에 도달하는 데도 이 정도의 시간이 걸린다는 사실에 놀랐었다.

오늘은 달랐다. 간밤에 일찍 잠들었다. 무척 오랜만이다. 여섯 시간 이상 푸욱 잔 것 같다. 6시 57분에 버스 앱을 보니 전철역 앞까지 데려다주는 마을버스가 23분 후에 온다. 야호! 이러면 오늘은 평소보다 빠른 전철을 탈 수 있겠는걸? 15분 안에 씻고 옷 입고, 집을 나서면 딱이다. 어차피 내 방에서 내려다보일 만큼 가까운 버스 정류징이라 숨차게 뛰면 1분 안에도 도착할 테지만 난 여유를 즐기는 여자. 훗. 버스 도착 5~6분 전에는 집을 나설 생각이다. 사실은 뛰는 걸 싫어해서 미리 다닌다. 7시에 자리를 털고 일어나면 완벽하겠다고 생각하며 핸드폰을 놓았다가 이내 다시 들었다. 겨울에는 기온 확인이 필수지. 지금은 영하 5도네. 대충의 옷차림을 생각하며 아주 짧게 마지막 포근함을 만끽한다.

7시. 자리를 털고 일어난다. 눈이 제대로 떠지지 않는 상태로 이를 오래 닦는다. 눈꺼풀 위주의 고양이 세수를 한다. 상

　　　　　　서른 살이 되지 못할 줄 알았습니다

쾌! 8분여가 지났다. 주황색 띠가 둘러진 안약을 양안에 똑똑 떨어뜨리고 눈을 잠시 꼬옥 감고, 수건으로 감은 눈꺼풀 주변을 톡톡. 이제 안경알을 깨끗하게 닦고 속옷을 입고, 침대 아래 서랍에서 반팔티 하나를 꺼내 입는다. 잠깐 화장대 앞에 앉아 서랍에 있는 머리 고무줄 하나를 꺼내서 거울을 보며 긴 머리를 한데 묶었다. 새로 산 새부리형 마스크 주머니에서 마스크 하나를 꺼내어 썼다. 검은 슬랙스를 입고, 청록색 코트를 걸친다. 목이 휑하니까 스카프를 두르고, 급히 가방에 문고판 책한 권과 핸드폰, 이어폰을 집어넣고 카드 지갑은 코트 주머니에 찔러 넣는다. 원래 가방을 잘 챙겨 다니지 않는데, 소중한 사람이 미리 생일 선물로 준 가방이어서 요즘 늘 챙겨 다닌다. 사선으로 메면 손이 자유로워서 좋다. 그렇게 하고 집을 나선다.

엘리베이터를 타고 내려가서, 우리 동의 뒤로 난 단지 출입구를 빠져나간다. 좁은 보도를 지나 건널목을 건너면 맞은편 단지의 정문이 나온다. 그곳을 스쳐 지나 정류장에 가니, 곧 버스가 온단다. 작은 버스가 텅텅 비었다. 멋진 모자를 쓴 머리칼이 하이얀 기사님 바로 뒤에 앉았다. 역까지 가는 길, 그 누구도 내리지 않아서 버스는 아주 *쌩쌩* 달린다. 인생길도 이렇게 막히지 않으면 얼마나 좋을까? 상상했더니 웃음이 났다. 역에 도착하니 웬걸, 평소 50분 전철 앞의 40분 차를 탈까 했더니 차가 아주 빨리 달려주어서 그보다도 빠른 7시 32분 전철을 여유롭게 탔다. 눈 깜짝할 새 도착했다. 사람이 시간적으로 여유가 있으니, 마음도 너그러워진다. 내리는 나보다 전철에 올라타는 승객이 먼저 몸을 들이밀었는데, 오늘은 속으로 욕 안 했다. 그럴 수도 있지, 하며 몇 번의 새치기를 당해도 평온한 마음으로 건널목에 다다랐더니 바로 신호가 바뀌어 걸음을 멈출 수 없었다.

길을 건너자마자 보이는 노란색 카페를 보며, 시원한 아이스 라테 생각을 한다. 현재 기온 영하 4도. 얼죽아가 여기 있다. 물론 생각만 할 뿐 출근 때든 퇴근 때든 아이스 라테를 손에 드는 일은 없지만. 오늘은 역에서부터 발걸음을 세 보았다. 병원 입구까지 100걸음이 채 되지 않는다. 키도 작고 보폭도

서른 살이 되지 못할 줄 알았습니다

좁아서 남들보다 훨씬 걸음 수가 많은 것 같다. 오늘따라 무거운 유리문을 누군가가 열어두었다. 샤샤샥 몸만 넣으면 되니 이보다 좋을 순 없다. 게다가 엘리베이터도 6층에 있어서 금방 내려왔다.

병원 인공신장실 문을 열자마자 오른쪽에 있는 탈의실로 들어간다. 소지품과 외투를 얌전히 걸어 두고 사물함 문을 잠근다. 사우나 탈의실에서 쓸법한 사물함이라 들어올 때마다 우습다. 문을 잠그고, 빨간 사우나 열쇠와 핸드폰을 가지고 입구 왼쪽에 자리한 여자 신발장을 연다. 여기 오기 시작하던 때부터 왼손 골절 상태여서 그런지 늘 습관처럼 오른손으로 신발장 오른쪽 문을 연다. 그리고 제일 아래에 있는 실내화를 발로 꺼내고, 내 신발도 발등을 걸어 넣어둔다.

7시 32분 열차를 타고 온 아침이 너무 상쾌해서, 앞으로는 늘 이 시간에 맞춰 와봐야겠다고 생각하며 오늘의 치료 속으로 걸어 들어간다.

PART
04

그래도 살아갈거야

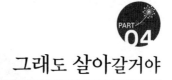

그래도 살아갈거야

이곳은 6층의 비상계단

이천시 인공신장실 화재를 떠올리며

　이천에 있는 인공신상실에서 화새가 나서 5명이 사망했다는 기사의 캡처본을 동생에게서 받았다. 투석 중에 깨어 있는 시간이 많았던 시절에는 뉴스를 참 많이도 읽거나 보았는데, 투석 중에 계속 잠들어 있게 된 다음부터는 뉴스에 그다지 관심을 가지지 않게 되었다. 그런데 뉴스를 열심히 챙겨보는 동생이, 누구보다 빠르게 '이천 인공신장실 화재, 5명 사망'이라는 기사를 캡처해서 내게 보내준 것이다.

　다른 누구도 아닌, 투석 환자들의 사망 소식은 나와 우리 가족의 마음을 싸늘하게 훑고 지나간다. 투석 환자라면 누구에게

서른 살이 되지 못할 줄 알았습니다

나 일어날 수 있을 그런 비극 앞에 늘 침착한 동생마저도 동요할 수밖에 없는 것 같다.

처음 투석을 시작하고 나서는 투석 환자들의 죽음에 무척이나 민감해서 관련된 기사들을 많이 찾아 읽곤 했다. 지금도 또렷하게 기억하는 기사 중 하나는, 암 환자의 5년 생존율보다 투석 환자의 5년 생존율이 더 낮다는 기사여서 절망에 절망을 거듭할 수밖에 없었고, 나머지 하나는 투석 중에 병원 전력 공급에 문제가 생겨서 투석기계가 멈추는 바람에 쇼크로 심정지가 와서 사망한 환자의 이야기였다.

첫 번째 기사를 읽고 나서, 나는 결국 내가 서른 살이 되지 못할 것이라고 아주 오래, 그리고 굳게 믿게 되었다. 그러나 결국 살아서 서른 살이 되었을 때는 뛸 듯이 기뻤다. 서른이 되기 전에 자살 기도를 두 번이나 했음에도 말이지. 약을 털어 넣고, 결국 응급실에 실려 간 순간에는 죽는 것이 미치도록 억울하고 슬펐다. 위 세척을 당하면서도, 자살 시도자라는 눈총을 받으면서도 그래도 아직은 죽을 때가 아니라는 생각을 했었다.

내가 죽을 만큼 힘들다는 사실을 알아주지 않는 세상이, 가족들이, 아니 정확히는 아버지가 너무도 야속했었다. 사실 죽어도 아쉬울 것이 없는 삶이었다. 내가 살아있기를 원하는 사람도, 나를 사랑하는 사람도 없는 그런 고독한 우주에 나는 홀로였다. 그 우주에 단 한 사람만 있었더라도, 나는 자살을 선택하지 않았겠지. 그러나 미칠 듯이 수직 하강하는 혈압과 함께 내 생의 작은 불꽃이 꺼지는 것처럼 정신을 차릴 수 없이 고통스러운 시간이 지나고 회복기로 들어섰을 때, 나는 내가 죽지 않았음을 마음으로 기뻐했다. 죽지 않아서 기쁘다는 말은, 그 누구에게도 할 수 없었다.

두 번째 기사를 읽고 난 다음 날은 병원에 가자마자, 우리 병원의 전력 공급에 대해 수선생님에게 질문을 했었다. 그리고 우리 병원에는 혹시라도 건물 전체에 전력 공급이 중단되더라도 긴급하게 투석기계를 돌릴 수 있도록 비상 전력 발전기가 설치돼 있으므로 전혀 걱정하지 않아도 된다는 답을 얻었다. 죽은 투석 환자의 나이나 상황, 모든 것은 내게 불필요한 정보였다. 다만 그가 나처럼 혈액 투석을 받는 사람이라는 것과 투석 중에 죽었다는 사실만이 중요할 뿐이었다.

그토록 죽음을 두려워했던 나였다. 그랬던 내가 지난 1년간 얼마나 죽기를 바랐던가? 죽음과 맞닿아 있는 희귀 난치병 환자가 밝고 건강한 웃음을 지으면 얼마나 사랑받을 수 있는지를 나는 잘 알고 있었다. 9년의 세월 동안 그 누구보다 씩씩했고, 그 누구보다 밝고 건강했다. 아픈 사람이라고 믿을 수 없는 나의 밝음과 건강함을 모두가 사랑스럽게 여겨주었고, 누군가는 아니꼽게 여겼다.

대학 시절, 간호학과에서 개설한 기초 간호학 강의를 수강했던 나는 WHO에서 말하는 '건강'의 기준에 부합되는 사람이라고 늘 스스로 믿고 있었다. 그러나 2021년 뇌종양 의심 사건을 시작으로 내 몸과 마음은 서서히 무너져 내렸다. 그 사건이 도화선이 되어, 9년 동안 함께 했던 주치의 A 선생님과도 이별한 터였다. 나는 그 이후, 온 우주가 내가 죽기를 바란다고, 세상에 내 편은 없다고 뾰족하게 생각하게 되었다. 9년 동안 악착 같이, 이를 악물고 살고자 했던 모든 노력들이 연기처럼 내 안에서 사라졌다. 살고자 하는 의지도 없으면서, 그래도 살고 싶어 하는 척하며 나는 병원을 옮겼다.

그리고 지난 1년간, 지금까지 상상도 할 수 없었던 최악의 혈액검사 결과지들을 받아 들었다. 온 우주가 나의 죽음을 바랐고, 이제 나조차도 삶에 대한 의지를 잃었다. 나는 늘 죽음을 바라게 되었다. 투석을 하는 일조차도 체력에 부쳐, 정말로 모든 것을 그만두고 싶었던 나날이 이어졌다. 투석을 시작한 지 10년을 훌쩍 넘긴 날의 일이었다.

나의 우주는 10년간 몇 번의 대폭발을 거친 후, 내가 살아있기를 원하는 몇몇 사람들이 머물게 되었다. 누군가는 나를 끈질기게 이 삶에 잡아두었다. 그렇게 8월이 되었다. 나는 여전히 생에 대한 의지를 잃은 자신을 숨겨두고 거짓되게 살고 있었다.

서른 살이 되지 못할 줄 알았습니다

그날도, 투석을 하고 지친 몸을 이끌고 집으로 돌아와 누워 있던 참이었다. 동생의 메시지가 도착했던 그 순간에도 이렇게 사는 것이 살아 있는 것인가 스스로에게 묻고 있었다. 인공신장실이 있는 이천의 한 건물에서 불이 났고, 총 5명이 사망했다. 기사를 읽어보니, 결국 사망자 다섯 명 중 넷이 투석 환자였다. 나머지 한 분은 인공신장실의 간호사였다.

투석 중에 갑자기 사고가 나면, 기계에 꽁꽁 묶인 환자들은 달리 방법이 없다. 15게이지나 16게이지의 굵은 바늘 두 개가 한 팔에 위아래로 꽂혀있고, 길고 긴 셀라인으로 투석기계에 긴밀히 연결돼 있다. 우리 몸의 모든 피가 빠져나가 투석기를 통해 한 번 걸러져서 다시 몸으로 되돌아온다. 그런 바늘을 갑자기 뽑아내면 출혈을 감당할 수 없을 것이다. 나처럼 겁이 많은 사람은 자력으로 그 굵은 바늘을 뽑아낼 자신도 없다. 백혈구나 적혈구 셀이 깨어지지 않도록 그렇게 굵은 바늘을 쓰는 것인데, 의료진도 아닌 사람이 그걸 뽑아내며 혈관 벽은 또 얼마나 상할 것인가? 이렇다. 이렇게 투석 환자는 길고 긴 셀 라인으로 온몸이 투석기계에 꽁꽁 묶인 것이나 마찬가지다. 기계에 꽁꽁 묶인 환자들을 내버려둘 수 없어서, 돌아가신 간호사님을 비롯한 의료진들은 화재 현장을 떠날 수도 없었을 것이다. 투석기계가 뿜어내는 위협적인 경고음이 연기로 가득 찬 인공 신장실을 울렸을 것이다. 그리고 그 공간에 어떤 빈틈도 남기지 않고, 환자들의 두려움이 들어 차 있었겠지.

이천 인공신장실 화재 뉴스가 난 것이 금요일이었다. 돌아온 월요일에 병원에 갔더니 분위기가 평소와 달랐다. 혹시 이천과 같은 사고가 날 때를 대비한 당부의 말이 끊임없이 오갔다. 내게도 니들링을 하러 온 선생님이 말씀해 주셨다. "혹시 큰 사고가 나면, 간호사들이 돌아다니면서 기계가 멈추도록 조작해 줄 거예요. 그리고 기계가 멈추면 바늘 가까운 곳에서 셀 라인을 가위로 자를 거고요. 이미 내보내진 피는 그 양이 얼마나 많든 그냥 버려야 할 거예요. 버리는 피는 돌아보지 말고, 셀 라인을 자르고 그대로 바늘을 달고 비상계단을 통해 탈출해야 해요."

투석이 끝난 후에는 환자들을 그룹 단위로 모아 탈출 요령에 대해 설명을 해 주었다. 주말 동안 원장님은 환자 수에 맞춰 방독면 100개를 준비해 두었다. 환자에게 금전적인 부분을 아끼지 않는 김 원장님에게서는 늘 적당한 무게의 진심을 느낀다. 어쨌든 지금은 탈출이 중요하니까, 감동은 조금 나중에 해도 늦지 않다. 나는 탈출 요령을 설명하는 수 선생님을 따라서 비상계단까지 함께 달려갔다. 불이 나서, 탈출하지 못한 채 죽는 일은 없기를 바라면서. 내가 나를 포기하는 것과 생을 놓을 수밖에 없는 상황에 놓이는 것은 엄연히 다른 이야기라는 생각이 들었다.

월요일의 비상계단은 비가 내려서 을씨년스러웠다.

그 후로도 투석이 끝난 후에 엘리베이터를 타러 가면서, 자주 비상계단을 확인하고 내다보았다. 바깥공기가 통하는, 환한 빛이 드는 오늘의 비상계단을 보며 거듭 생각한다. 역시, 나는 여전히 살고 싶다고. 정말로 이 병을 업고라도 뛰고 싶다고. 그렇게라도 나는 나를 살리고 싶다고.

저는 잘 먹고, 잘 자고 있습니다
(이식검사 입원기 1)

2021년 7월 11일 일요일, 아주 불쾌한 상태로 입원했습니다. 입원할 짐을 싸 두고 저는 잠시 일을 보러 출근한 상태였고, 하도 입원 대기 환자들이 많아서 입원이 불투명하다는 이야기에 미리 1인실까지 신청해 두었습니다. 팔자에 없는 1인실에 들어갈 줄 알고, 보호자인 엄마를 대동해서 입원할 준비를 마쳐 둔 것입니다.

그런데 돌연 '간호간병 통합 병동'에 입원하라는 입원 원무 팀의 전화를 받았습니다. 짐을 새로 꾸려야 했습니다. 그때부터 불쾌감이 스멀스멀. 아예 제 짐만 덜어 새 가방에 넣어야 했거든요. 동생이 역까지 태워다 주기로 했는데 역 앞 사거리에서 위험천만하게 내려버린 엄마 때문에 서로 길이 엇갈려 말다툼도 했습니다. 어차피 나 혼자 입원하는 거니까 파주서부터 혼자 가겠다고 강짜를 부렸습니다. 엄마도 화를 냈지만

서른 살이 되지 못할 줄 알았습니다

돌아가지 않고 버티고 섰습니다.

원래 마음에 없는 소리를 잘합니다. 말은 그리해놓고, 만약 진짜 엄마가 나를 두고 가버렸으면 마음이 엉망신창이 되었을 겁니다. 함께 전철을 타고 가면서 마음이 스르르 풀렸습니다.

그러나 병원에서 또 문제는 터졌습니다. 내가 있는 병동은 아예 방문, 면회가 되지 않는다고 합니다. 물건을 전해주는 일조차도 할 수 없어서 로비에서 13병동 물품 보관이라고 얘기하고 맡겨야 한답니다. 그러면 병동 간호사님이 내려가서 일괄적으로 가져와서 전달해 준답니다. 필요한 것이 있다고 따로 편의점에 사러 내려가는 일도 안 된답니다.

병동에 보호자 출입 자체가 불가능한데, 엄마는 짐을 들어다 준다는 명목으로 기어코 따라 들어왔습니다. 텅 빈 방문자 대장에 처음으로 이름을 기록합니다. 그리고 눈물이 그렁그렁해서 나를 바라보네요. ESRD를 진단받고 맨 처음 입원했을 때는 엄마가 모든 것을 알아서 해 주었었는데, 이제 오롯이 혼자입니다. 나도 겁은 납니다. 하지만 아무렇지 않은 척하는 수밖에요. 이제 내 나이 어언... 서른 하고도... 하여간 이 늙은 딸이혼자 입원한다고 저렇게 울먹거리면 내 얼굴이 뭐가 됩니까?

낯선 병실. 병동 입구의 첫 번째 방에 배정되었습니다. 그 방에서도 가장 문간에 있는 첫 번째 침상입니다. 집에서도 문간방에 사는데, 이거 뭐... 문과 인연이 깊은가 봅니다. 엄마를 보내고, 혼자 병실에서 옷을 갈아입고 낯설지만 이제 곧 여기에살림을 차리겠지요. 크크크. 일요일 내내 굶다가 입원한지라,무척 허기가 졌습니다. 특히 저는 병원 밥을 좋아합니다. 대체누가 나를 위해 끼니때마다 다른 찬으로, 4첩 반상을 올려 준단 말입니까?

11일의 저녁입니다. 아니... 투석식인데 왜 보리가 섞여 있지? 왜 위험천만한 버섯볶음이? 그런 의문은 길게 가지 않았습니다. 좋아하는 생당근을 와작와작 씹어먹고, 찐 양배추도 저

서른 살이 되지 못할 줄 알았습니다

염 쌈장에 콕 찍어서 먹고, 매콤 돼지고기볶음도 맛이 있네요. 칼륨이 높은 버섯볶음과 생오이만 빼놓고 싹싹 비웠습니다. 아, 물론 투석 환자답게 국은 양심껏 많이 남겨두었죠.

알고 봤더니 식사 신청이 늦어서 일반식이 나온 거였습니다. 아... 대실망. 왠지 간이 삼삼하니 맛있더라니... 이제 곧 투석식을 마주하면 제 낯빛은 변하겠죠?

12일 아침 식사. 첫 투석식입니다. 쌀밥에 심심한 미역국, 붉은빛이 살짝 나는 생선, 살만 있어서 먹기가 좋았습니다. 나물은 익숙한 맛이 났는데... 솔직히 뭔지 모르겠습니다. 소불고기도 보기에만 일반식 같아 보이지 실은 간이라곤 안 되어 있습니다. 이런 실정이다 보니 생선을 싫어하는 제 입맛에 생선이 제일 맛있습니다. 특히 요놈이 입원 중 먹었던 생선 중 제일 맛있네요. 취향에 맞지 않는 망고 젤리까지 모두 먹었습니다.

새벽 4시 반에 일어나 체중을 쟀고, 6시 30분에 피를 여덟 통이나 뽑혔고, 7시에 한산한 폐기능 검사실에 가서 폐기능 검사도 했거든요. 그래서 배가 매우 고팠습니다. 이 식사를 하고 나서는 또 투석 치료와 여러 검사 때문에 식사를 할 수 없었습니다.

한 끼를 건너뛰어서 무척 기대했었는데, 12일의 저녁은 정말 퍽퍽함 그 자체였습니다. 병원 투석식에서는 절대 육류와 생선이 빠지지 않고(물론 적정량이라 쓰고 소량이라 읽습니다), 부족한 열량을 보충해 줄 디저트도 빠지지 않습니다. 통조림 과일은 환자에게 부적합해 보이지만, 열처리 등을 거쳤기 때문에 과일이 기존에 가지고 있는 칼륨이 많이 빠져나간 상태라서 투석 환자들이 즐기기에는 생과일보다 훨씬 좋습니다. (칼륨 함량이 높은 과일이나 채소는 고칼륨혈증을 유발하고, 지속되면 심장마비로 인한 사망에 이르기도 합니다. 고칼륨혈증으로 인한 심장마비로 유명을 달리한 투석 환자를 알고 있습니다.)

저는 생선이나 나물 이름을 도통 모르겠습니다. 하여간 쌀밥에 심심한 버섯 뭇국, 유채 나물(?), 생선구이와 소고기 사태 수

서른 살이 되지 못할 줄 알았습니다

육, 후르츠 칵테일이 담긴 한 상입니다. 너무 퍽퍽해서 간장을 살짝 찍어서 눈물을 삼키며 밥 한 공기를 다 비웠습니다. 오늘 저녁부터 또 금식이거든요. 마지막 식사니까 먹어두어야지요, 암요. 그래도 작은 디저트 종지에 체리가 있어서, 와 역시 난 운이 좋아! 하고 웃으며 마지막에 숟가락으로 퍼먹었습니다.

그리고 대망의 수면 위·대장 내시경을 위해, 저는 12일 밤 9시부터 새벽 1시까지 장 정결제 2리터를 마셨습니다. 그렇게 화장실도 몇 번 다녀오고, 고독과 고통에 휩싸인 채 수면에 들었다가, 찌를 곳이 없다는 이유로 발목 혈관에서까지 채혈을 당했습니다. 그것도 새벽 여섯 시 반에… 세상에… 이렇게 억울할 수가 없습니다. 그리고 또 13일 아침부터 치과, 정신과 진료를 보고, 심·뇌혈관센터의 홀터실에 들러 기계를 부착하고 병동으로 돌아왔습니다. 그리고 또 남아 있는 장 정결제 2리터를 마저 마셨습니다. 겨우 오후 1시가 되어서야 다 마시고, 가스 배출약을 하나 짜 먹고 물 500밀리를 한 통 다 마신 후 침대차에 실려 내시경을 하러 갔습니다. 자세한 설명은 생략합니다.

수면이어서, 아무런 기억이 없고 회복실에서 눈을 뜬 것만 기억납니다. 어딘가 아프지도 않았고, 내시경이 몸 곳곳을 훑고 지나갔는지도 알 수가 없습니다.

그리고 24시간 만에 다시 식사를 받아 들었습니다. 내시경 하느라 고생했다고 일반식...을 주신 것은 아니고 식사 신청이 늦어서 그냥 일반식이 나왔습니다. 제가 좋아하는 아욱된 장국에 잡채와 닭볶음탕, 미나리 맛이 나는 나물에 오이소박이와 흑미밥입니다. 짭조름한 오이소박이를 먹으니 기력이 좀 회복되는 느낌입니다. 국에서 아욱은 거의 다 건져 먹고, 국물을 제외하고 또 싹싹 비웠습니다. 제 입맛에는 병원식이 딱인가 봅니다.

보호자 없는 병동. 해야 할 검사도 많고, 내가 나를 돌봐야 하니까 밥이라도 악착같이 먹자는 마음으로 이렇게 식사를 열심히 하고, 시간이 날 때마다 졸고 있습니다. 저는 이렇게 잘 지내고 있습니다.

서른 살이 되지 못할 줄 알았습니다

나를 먹이는 위대한 일에 관하여
(이식검사 입원기 2)

14일은 오전부터 투석을 하고, 투석 이후에 투석 혈관을 손보게 된다. 투석과 시술을 이어서 하기 때문에 점심은 또 건너뛰어야 한다. 제기랄. 배선실에서 식사 안내문을 보니, 점심은 늘 특식(일품식)이 나온다던데 나는 입원 내내 점심을 먹어본 적이 없다. 또 점심을 굶게 될 터이니, 오늘 아침은 든든하게 먹어야지. 그런 굳은 결심을 한 내게 주어진 14일의 아침 식사는 최악이었다.

배추와 무가 들어간 맑은 국에 쌀밥, 돼지고기 채소찜, 오이볶음, 생선구이. 언제나처럼 간장 종지, 디저트로 젤리 두 개. 국은 새콤한 맛이 났다. 참 이상한 것이 정체를 알 수 없는 국이다. 돼지고기 채소 찜은 큐브 모양의 돼지고기에서 비린내가 났다. 으윽. 처음에 겉모습만 보고 저염 오이지일 줄 알았던 것은 물컹거리는 오이 볶음이었다. 식감도 물컹한 것이

맛도 없으니 총체적 난국. 반찬 반절씩과 생선 한 토막에 의
지해 겨우 밥 반 공기를 먹었다. 이제 이 상태로 투석 4시간
을 버티고, 신장중재실에 들어가서 혈관을 손 보는 시술을 해
야 한다. 시술할 때 왼팔의 혈관을 자세히 보기 위해 혈관에
조영제를 흘리기 때문에 이 식판을 치운 이후부터 필히 금식
이다.

워낙 자주 받는 시술이다 보니, 아주 편안하게 왼팔에 마취
를 하고 시술 내내 약물에 의지해 쿨~쿨 잤다. 깨어나서도 전
혀 아프지 않았다. 하지만 조금 몽롱하고 지친 상태로 병동으
로 올라와 나의 스윗홈에 안착하였다. 그래도 한 끼 굶는 정도
야, 생각했던 것은 나의 오만이었다는 것을, 내 침대에 앉아서
야 깨달았다. 배가 고프다...!!!!!!

앞선 글에 말씀드렸듯 우리 병동의 환자들은 편의점을 이용
할 수 없다. 우리 병실만 보자면, 이제 막 투석을 시작하게 된
환자들이어서 식사와 생수 외의 것을 섭취하면 야단을 맞더

서른 살이 되지 못할 줄 알았습니다

라. 물론 나 같은 10년 차 베테랑 환자는 야단맞을 일이 없다.

저녁식사 시간까지 네댓 시간이나 남았는데 나는 도저히 견딜 수가 없다. 신장중재실의 대빵인 K 교수님은 내 혈관을 너무 자주 보셔서인지 시술을 1시간도 안돼 뚝딱 끝내셨다. 오후 시간이 엄청 많이 남았다. 오늘은 어디 또 검사받으러 갈 일도 없고, 하릴없이 주린 배를 부여잡고 있자니 이것은 사람이 할 일이 아니다. 그래서 나는, 잠깐 휴식을 취하면서 궁리를 했다.

수면유도제가 혈관으로 들어가서 푹 잤고, 오늘은 아주아주 말끔하게 깨어났다.(지난번에는 웬일로 못 깨어나서 회복실에서 뽀로로 얘기하고 진상을 떨었다.) 나는 멀쩡하니까 혼자서 지하까지 갈 수 있을 것이다. 지하의 보안요원에게 혹시라도 지하 진입을 제지당하면, 물러서면 그만이다! 나는 물러서기도 잘하니까. 나의 스윗홈은 병실 입구이자, 병동 입구이므로 아주 날렵한 몸놀림으로 샤샤샥 빠져나왔다가 다시 되돌아오면 들킬 염려도 없(을 것 같)다.

사물함을 열어 가방을 꺼냈다. 가방을 싹 비웠다. 카드만 딱 한 장 챙기고, 핸드폰을 들고, 좌우를 살피면서 병실을 빠져나옴과 동시에 병동 입구로 샤샤샥. 두근두근. 엘리베이터를 탔다. 환자복에 쇼퍼백을 멘 나를 이상하게 보는 이는 아무도 없다. 히히히히. 지하 1층까지 내려왔는데 보안요원도 나를 제지하지 않아서 아무렇지 않게 편의점으로 발길을 돌렸다.

편의점에서 리츠 크래커(물론 치즈로. 크흑.)와 크라운 산도 한 상자와 잘린 사과 한통을 샀다. 그리고 그걸 가지고 화장실로 갔다. 과자 상자를 뜯어서 내용물은 가방에 와르르 쏟아버리고, 빈 상자는 쓰레기통에 버렸다. 후훗. 완전범죄란 이런 것이겠지? 엘리베이터를 타고 무사히 열네 개 층을 올랐다. 우리 병동 입구로 누군가 들어가기에, 복도에 간호사 선생님들이 없는가 살펴보고 그분의 뒤를 따라 샤샥, 병실로 들어와서 내 방의 커튼 속으로 쏙 들어와 버렸다.

식사 때 나왔던 우유를 마시지 않고 냉장고에 두었다. 그 우유에 빨대를 꽂고, 딸기 산도 두 봉지와 리츠 크래커 한 봉지를 펼쳐두고 먹기 시작한다. 세상에, 꿀맛! 위장이 차오르니 살 것 같다. 산도를 먹고 있는데 "이정연 님~" 하더니 간호사 선생님이 나타났다. 커튼을 열고는 내가 과자 먹는 모습에 놀란다. 내가 아까 배고프다고 어필을 했었거든. 근데 아무것도 없으니 물 마시며 버티라고 선생님이 말씀하셨다. 그런데 내가 과자를 먹고 있으니 얼마나 놀랐겠어? "가방을 뒤져보니 이게 있더라고요~" 천연덕스럽게 거짓말을 했다.(미안해요.) "와, 잘됐네요. 뭐 드릴 수 있는 것도 없고 걱정했는데. 얼른 드세요~"

달달한 과자만 먹었으면 배가 더 고팠을텐데 우유가 있어서 정말 다행이었다. 나를 배불리 먹이고, 쓰고 있던 글을 마저 써서 발행했다. 그리고 아주 잠깐 숨을 돌리며, 5시에는 나를 씻겨줘야지 생각했다. 그리고 5시가 되자마자 칼같이 일어나서 샤워실을 향해 갔다.(여기저기 기웃거리고, 여사님들께 인사도 잘 드리며 중요한 곳의 위치와 사용 팁들을 파악해 두었다.)

찾기 어려운 구석에 샤워실이 있다. 바늘을 꽂고 있는 데다 당장 몇 시간 전에 시술을 받았기에 샤워는 안 될 것 같아서, 깔끔하게 머리만 감기로 한다. 머리를 감고 수건으로 머리를 둘둘만 다음, 스윗홈으로 돌아와 멍때리고 있는데 또 커튼이 열린다. 그러더니 간호사 선생님이 "이정연 님 머리 안 말리면 감기 걸려요~"하며 드라이기를 빌려주셨다. 욕실에 같이 들어가서 콘센트에 드라이기를 연결해 주시기까지 했다. 깔끔하게 머리를 말렸다. 내 커튼을 열었던 이유가 무엇이셨는가 여쭈니, "이정연 님 잘 있는지 걱정되어서 들여다봤어요,"라는 답이 돌아왔다. 오늘 수면 유도제가 들어가서인가 날 너무 아기 취급하시는데? 왠지 기쁘다. 헤헤헤.

깨끗하게 씻은 맑은 기분으로, 이제 저녁 식사를 기다리자!

7월 14일의 저녁 식사는 최고였다. 최악과 최고가 같은 날이라니. 어쩌면 인생도 이런 건지 모르겠다. 최악이라고 생각하고 기분이 처져 있는데, 바로 다음 순간에 최고의 일이 찾아올 수도 있는 거지! 그러니까 최악의 상황을 만났다고 해서 마냥 실망하고 포기할 필요는 없다. 그저 평온한 마음으로 감내하고 버티면 이렇게 다음 순간 맛있는 밥을 먹을 수도 있는 거야!

간이 안 되어있지만, 아삭아삭한 식감이 너무 좋았던 청경채 나물, 약하게나마 적절한 간이 베어 담백하고 맛있었던 채소 닭찜, 가시가 하나도 없이 부드럽고 고소했던 동태전. 맑은 콩나물국과 쌀밥. 후르츠 칵테일이 또 나왔다.

정말 맛있어서 혼자 신나서 고개를 까딱거리며, 룰루하는 마음으로 모두 싸악 비웠다. 투석 환자의 기본, 국은 건더기 위주로 조금만.

게다가 오늘의 후르츠 칵테일은 지난번보다 행운적인 면에서 더 업그레이드 되었다! 체리가 있을 뿐만 아니라, 내가 제일 좋아하는 나타드 코코가 엄청 많이 들어있었거든.(투명한 우무묵 같은 몰랑이가 나타드 코코다.) 난 어릴 때부터 코코를 제일 좋아했다. 그래서 마지막 한 입은 나타드 코코 잔뜩과 체리로 장식했다. 온 입 안이 탱글탱글. 나는 대체로, 맛있는 걸 아껴두었다가 마지막에 먹는다. 그래서 어쩌면 내 인생도, 맛있는 것들은 조금 더 나중에 잔뜩 남아있을지도 모른다고 늘 생각한다.

지금의 불행이, 영원히 지속될 리 없다. 분명하다. 그리고 병원에 입원해 있는 동안, 나는 오롯이 혼자이므로 내가 나를 먹이는 일, 씻기는 일 같은 가장 기본적이면서도 중요한 일들을 소홀히 하지 않으려 한다. 나는 나의 유일한 보호자니까. 나를 잘 돌보아 주어야지.

드디어 일품식을 만나다니
(이식검사 입원기 3)

검사를 받으러 들어온 병원 생활은 참으로 정신없이 바쁜 것이어서, 총 엿새 간의 입원 중에 앞의 나흘 동안은 점심을 먹지 못했다. 점심에 나오는 일품식을 하나도 즐겨보지 못하고 퇴원하는 것인가 마음이 복잡하던 차에, 15일 드디어 점심을 먹게 되었다.

15일은 아침 식사를 하고, 항생제 주사 테스트를 했다. 오전 중에 방광 내시경을 해야 하기 때문에, 팔에 항생제 주사를 찔렀더니 거부반응이 없어서 손등에 잡혀 있는 라인으로 항생제 주사를 밀어 넣었다. 주사액이 거의 다 밀려들어 갈 때쯤, '울렁'. 뒤는 상상에 맡긴다. 병실의 화장실은 이미 누군가가 사용 중이었고, 그렇다고 간호사 선생님들과 이송 직원이 보는 앞에서 난장을 만드는 사태는 피하려고 뚜껑이 달린 커다란 쓰레기통으로 몸을 던졌다. 그 안에 얼굴을 박고 웩웩. 그나마 다행스러운 일이다. 입을 헹구다가 다시 쓰레기통에 얼굴을 박았다가, 하도 게워 냈더니 기운도 빠지고 속도 가라앉았다. 항생제 주사에 이런 반응은 처음. 내가 무안해하는 것이 보이니, 병실 담당 간호사 두 분이 그런다. 원래 항생제 주사 맞고 나서 오심이나 구토의 부작용을 보이는 환자들이 많다고, 걱정 말라고.

선생님은 만약의 상황에 대비해 구토용 비닐봉지와 물티슈 등을 챙겨주었다. 그리고 몇 번이고 당부한다. 몸이 너무 힘들면 검사실에 얘기하고, 무조건 병동으로 올라오라고. 지금 이곳에서 내 집은 병동이니까. 힘들면 돌아오라는 말이, 꼭 엄마 같았다. 하지만 이걸 넘지 못하면, 스케줄이 꼬여버리는 걸 안다. 힘들어도 오늘을 넘어야만 한다. 그리고 가만가만 스스로를 살펴보니 이제 무슨 일이 일어날 것 같지 않다. 그렇게 무사히 초음파를 하고, 방광 내시경을 하고 병실로 돌아왔다. 또 힘든 검사를 넘겼고, 오후 2시에 골밀도 검사만 하면 되므로 마음이 편해졌다. 그렇게 구토를 하고 검사를 다녀왔음에도, 나는 이를 닦으며 점심 식사를 기다린다.

고대하던 점심의 일품식!!

물론 보자 마자는 살짝 실망을 했다. 제일 먼저 눈에 띈 것은 버섯이 잘게 잘게 썰려 들어가 있는 영양밥. 양념간장을 넣어서 비벼 먹었다. 안에 버섯만 들어간 것이 아니라, 우엉과 빨간 파프리카, 노란 파프리카도 들어있고 심지어 돼지고기도 들어있다! 버섯과 우엉을 싫어하는데 아주 야무지게 비벼서 잘 먹었다. 거꾸로 식사법이 건강에 좋다고 해서 시원하고 새콤한 파인애플 두 조각을 먼저 먹고 식사를 시작했다. 두 조각으로 식사의 포문을 열고, 나머지 두 조각으로 식사 마무리를 했다. 오이, 당근, 무가 들어간 피클은 새콤달콤한 것이 아닌 식초 맛만 나는 피클이었다. 그래도 영양밥을 먹는 중간에 입 안을 깔끔하게 정리하는 찬으로 싹 비웠다. 흡사 감자 한 덩이 같은 저것의 정체는, 으깬 고구마다. 으깬 고구마 한 스쿱에 꿀을 몇 바퀴 둘러놓았다. 달콤하니 맛있었다.

첫 일품식. 그래도 배부르게, 맛있게 싹 비웠으니 대만족. 오후에는 유유자적. 졸기도 하고, 브런치에 글도 쓰면서 시간을 보냈다. 잠깐 골밀도 검사실에 가서 기계에 누워서 편안한 검사를 마치고, 혼자 13층 병동으로 돌아왔다. 글을 마저 써서 발행하고, 나를 씻겨주었다. 옷도 갈아입혀 주고. 입원 중에 주사가 없는 유일한 오후 시간이어서 가능한 일이었다. 산뜻한 상태로 저녁 식사를 기다린다.

15일의 저녁 식사. 쌀밥에 뭇국, 갈치구이와 돼지불고기, 얼갈이 나물, 통조림 귤의 구성. 야무지게 싹 다 먹었다. 맛이 딱히 쳐지거나 튀는 찬이 하나도 없이 맛있었다. 조무사 선생님 중에 나를 무척 귀여워해 주시는 분이 계신데, 밥 먹는 중간에 쏙 들여다보셨다. 아이~ 아기 같아. 밥을 진짜 잘 먹는구나~ 하시더니 내가 식사를 다 하기가 무섭게 식판을 가지러 오셨다. 그렇지. 내가 신생아처럼 식사를 하지. 아가들이 우유병이나 엄마 젖을 가열차게 빠는 것처럼 나도 그런 식으로 나를 먹이는 중이다. 아, 민망해라. 크크크.

저녁 식사 후에는 꾸벅꾸벅 졸다가, 내일 또 있을 검사를 위

서른 살이 되지 못할 줄 알았습니다

해 더 굵은 바늘로 새 라인을 잡았다. 엄청 미인에, 살갑기까지
한 선생님이 라인을 잡으러 왔는데 무려 곰돌이 두 마리가 그
려진 테이프를 붙여주셨다.

아주 깔끔하고 귀엽게 새 바늘이 꽂혔다.

선생님도 곰돌이 테이프를 처음 써 본단다. 새로 들어온 재료
인데, 나에게 붙여 주려고 가져와 봤단다. 후훗.

할 일은 모두 끝났다. 세수하고 이를 닦고 무척 이른 시간에
잠자리에 들었지만, 계속 뒤척였다. 입원 중 마지막 밤이다.

16일이 밝아왔다. 또 새벽 네댓 시부터 누군가 나를 깨웠고.
또 잠이 들었는데 6시가 안 되어 "MRI 실로 갑시다,"하고 이송
직원분이 나타났다. 오늘은 곰돌이가 그려진 그 바늘로 조영제
를 넣고 MRA를 찍을 것이다. 잠이 깨지 않아서, 정신이 하나
도 없는 상태로 재빠르게 렌즈를 꼈다. 눈이 보이지 않으면 불
안해져서 렌즈라도 껴야 한다.

친절하게 남자 선생님 두 분이 양쪽에서 내 귀를 막아주셨다. 기계에 들어가게끔 준비를 다 마쳐주셨다. 새벽 여섯 시라 몸이 너무 추웠다. 드러눕고 목과 머리가 고정된 다음 모포가 덮였다. 몸이 따뜻해지고, 기계로 밀어 넣어졌다. 그리고 기계 속에서 얼핏 잠이 들었다. 기계에 이제 세 번째 들어온다고 크게 긴장이 안 되는 것 같다. 잡고 있는 조영제 라인만은 놓치지 않도록 주의하고 기계 속에서 한 시간 있는 동안 계속 잤다.

그렇게 돌아와 보니, 또 식사가 와 있다. 밥을 먹자. 국을 빼고 모두 먹었다. 소고기 채소찜이 특히 맛있었다. 그래서 마지막까지 소고기 채소찜을 남겨두었다가 먹었다. 맛있는 건 마지막에. 흐흐. 생선은 저렇게 온전한 모양인 걸 안 좋아하지만 그래도 최대한 열심히 먹었다.

이제 검사가 하나 남아 있고, 오전 중에 검사를 하고 점심을 먹고 투석을 받으면 퇴원이다. 아... 근데 자꾸만 졸린다... 어쩌면 이곳이 천국인지도 모르겠다.

서른 살이 되지 못할 줄 알았습니다

오티브 잡스를 떠올리며
오티브 잡스가 나더러 시집 가랬는데...

그는 나와 침대 머리맡을 마주한 남자였다. 77세의 오티브 잡스. 그때의 내가 몇 살이었던가? 우리는 인공신장실 침대 머리맡 동료였으니 당시의 나는 25세는 당연히 넘었고, 서른이 채 되었든가, 아니든가.

하여간 그가 오티브 잡스인 이유는, 스티브 잡스와 비슷한 옷차림이어서였다. 은퇴한 사업가였고, 투석을 하러 올 때마다 매번 똑같은 차림을 하고 왔다. 스티브 잡스처럼. 청바지에 멜빵을 달고, 목이 조금 올라온 니트를 입은 그는 늘 깔끔한 대머리였다. 동그란 눈이 귀여운 얼굴에 동그란 안경을 쓴 일흔 일곱의 노인네를 나는 퍽 좋아했다.

놀라우리만치 스티브 잡스와 스타일이 똑같은 그에게 그의 '오'씨 성을 덧붙여 '오'티브 잡스라고 부르기 시작한 것이 굳

어졌다. 물론 외모는 서양스럽지 않았다. 키도 자그마한 것이
전형적인 조선 영감 사이즈였다.

여름에는 연한 색의 여름 청바지를 입고, 위에는 늘 검은 반
팔 티셔츠만 입었다. 겨울에는 목이 살짝 올라오는 쥐색 터틀
넥 니트. 아무래도 스티브 잡스나 마크 주커버그처럼 똑같은
셔츠와 청바지를 마흔 장씩 가지고 있는 것이 분명한 그는 늘
나를 보면 두 눈이 반짝거리게, 입가 주름이 자글거리게 웃었
다. 귀여워 못 견디겠다는 얼굴까지는 아니고, 아주 적당히,
'담백하게' 나를 귀여워하는 그의 그 표정이 느끼하지 않아
서 좋았다.

버스를 타고 혼자 출근하는 나와 비슷한 시간대에, 그는 병
원차를 타고 친구들(권 지점장 할아버지, 인주할머니)과 나타났다.
체중을 재고 각자의 침대에 안착하면 침대 머리맡에 붙어 우리
는 둘 중 하나가 바늘에 찔리기까지 수다를 떨었다. 지금 생각
하면... 거의 반백 년의 나이 차가 나는 둘이서 무슨 수다를 그

리 떨었을까 싶지만, 그때는 오티브 잡스와 하루라도 이야기를 나누지 않으면 섭섭한 지경이었다.

병원에서 제일 어리고, 제일 귀엽고, 또 가장 귀가 열려 있는 사람으로 살아가다 보면 꽤나 많은 정보를 얻게 된다. 오티브 잡스는 젊은 시절 꽤나 큰 사업을 하던 남자였고, 슬하에 딸 셋을 둔 가정적인 남자로 인생을 잘 살아온지라 여태껏 집에 계신 할머니의 살뜰한 보살핌을 받고 있다고 했다. 왜 그런 것 있지 않나. 손찌검도 하지 않고, 두 집 살림도 하지 않고 딸들을 다정하게 챙기며 살아온 사람. 그런 덕분에 안 그래도 귀여운 사람이 더욱 반짝거리는 거란다. 게다가 사업가로 살아오며 축적된 매너를 투병 생활에서도 한껏 발휘하는 그는, 한참 어린 간호사들에게도 반말은 쓰지만, 하지 않아야 할 말은 하지 않고 재미난 농은 적절하게 할 줄 아는 괜찮은 환자로 지내는 터라 나와도 금방 친구가 되었던 것이다.

그는 언제 나타났는지 모르게, 그렇게 나의 생에 나타났다.

그리고 나의 친구 오티브 잡스가 되었다. 오티브 잡스와 정연은 이런저런 이야기들을 많이 나누었다. 뭐. 살아가는 이야기도 하고 날씨 이야기도 하고 그랬던 것 같다. 그런데 어느 날, 늘 똑같은 니트를 입고 오던 오티브 잡스가 유난히도 맑은 붉은색 니트를 입고 왔다. 그래서 나는 그날 오티브 잡스에게 "미남이시네요."라고 칭찬했고, 오티브 잡스는 환하게 웃었고 대화는 또 유난하게 흘러서 시간이 많이 흐른 지금도 가끔 떠 오르곤 한다.

"넌 시집 안 가냐?"(오티브 잡스의 말투는 쿨남의 그것이다. 츤데레 오티브 잡스.)

"엥? 갑자기 시집이요? 흠... 근데 저 이렇게 아픈데 시집을 어떻게 가요... 헤헤."

"야, 아프다고 시집 못 가고 그런 게 어딨냐."

"그릉가요? 근데 저 남자 못 만나 봤어요. 손도 못 잡아봤는걸요. 크크크. 글렀어요~"

"쪼그만한게 별 소릴 다 한다. 우리 딸도 그렇게 시집 안 간다고 공부만 하고, 일만 하고 틀어박혀 있더니만… 시집도 가고, 얼마 전에는 딸내미도 낳았어. 애가 애를 낳았다야~"

"우와 정말로요? 따님이 몇 살인데용?"

"우리 막내가 곧 마흔이야~ 넌 새파랗게 어린것이. 안 된다 고 생각하지 말아라. 세상에 안 되는 게 어딨어. 세상에 태어 났으면 시집도 가보고, 내 새끼도 낳아보고 남들하는 것 다 해 야지."

"넵, 알겠습니다. 히히."

본디 결혼 얘기하면 싫어한다. 나도 가끔은 내가 아픈 것이 버거운데, 속 모르는 소리 한다며 결혼 얘기 꺼내는 사람에게 속으로 눈을 부라리며 억울해하는데 오티브 잡스의 그 말은 이 상하게 속이 상하지 않았다. 오티브 잡스의 얼굴도 모르는 막 둥이 딸 생각도 나고, (당시) 그녀보다 한 참 어린 나를 생각하 는 오티브 잡스의 마음도 알 것 같은 마음이 들었다. 꼬물거리 는 갓난쟁이 손녀를 보는 오티브 잡스의 기쁜 기색이 느껴지 기도 했다.

오티브 잡스의 멋진 점이, 시집가라는 소리를 그때 딱 한 번 하고는 다시는 한 적이 없다는 것. 그리고 나서도 우리는 한참을 늘 침대 머리를 맞댄 채 친구로 지냈다. 그러다 투석 시작 시간이 조금씩 달라져 서로 마주치기가 힘들었던 어느 날, 우연히 간호사 데스크에 앉아 있던 오티브 잡스와 인사를 나눌 수 있었다.

"와, 안녕하세요! 할아버지 오랜만이에요."

"그래. 잘 지내냐?"

"네. 근데 오늘 얼굴이 안 좋으시네요."

"오늘 많이 힘드네. 나 뭐 하나 물어보자. 나는 투석 끝나고 가면, 정신없이 잔다. 한 2~3시간은 자야 깨. 나만 이런가?"

"어휴. 저도 투석하고 나면 힘든 거 똑같아요. 저도 끝나고 집에 가면 그 정도 자요."

"너도 그렇구나. 나는 나만 자는 줄 알았네. 다행이다."

본인만 특별히 힘든 줄 알고 꽤 오랜 시간 겁이 났던지, 오티

서른 살이 되지 못할 줄 알았습니다

브 잡스는 내 얘기를 들으며, 배시시 웃었다. 오티브 잡스와 이야기를 나눈 것은 그때가 마지막이 되었다. 어느 날부턴가 오티브 잡스는 보이지 않았다. 그리고 아마 그즈음이었던가, 그전후로인가 코로나가 터졌던 것 같다. 나는 또 나대로 이런저런 사고들에 휩쓸렸다. 뇌종양 이슈도 있었고. 늘 영화같이 사는 여자니까, 훗. 그러다 어느 날, 왜 '오티브 잡스와 친구들' 팀이 요즘 안 보이시는지 니들링을 해주시는 선생님께 여쭈었더니... 꽤 전에 다들 돌아가셨단다.

인공신장실의 무서운 점이, 다들 어느날 갑자기 사라지신다. 어느날 갑자기 옆 침대분이 사라지면 응급실에 갔다고 한다. 그러고 다시 보이면 다행인데, 그렇지 않으면 그대로 돌아오지 않는 경우가 대부분이다. 오티브 잡스와 친구들은, 당시 나와 먼 침대에들 계셔서 갑자기 사라지셨다는 소식도 알지 못했다. 언제 상급병원으로 가셨는지도 알지 못한 채, 마음의 준비도 하지 못한 채 영영 이별을 했다. 슬퍼할 겨를도 없이 나의 친구 오티브 잡스는 연기처럼 나의 인생에서 퇴장해 버렸다.

나는 오티브 잡스와 함께 다니던 병원을 떠났다. 그 병원을 떠나 새로운 병원에 다닌 지도 벌써 2년이 되었다. 이제 이 새 병원에서 나는 친구를 사귀지 않는다. 아마 앞으로, 다시는 인공신장실에서 친구를 사귈 일은 없다. 며칠간 오티브 잡스에 관해 기억을 되짚어가며 글을 쓰다 보니, 오랜만에 뜨거운 눈물이 흘렀다. 살아서는 결코 다시는 만날 수 없을 누군가에 대한 그리움이 차올라서...

어느 날이고 길을 걷다가 문득 오티브 잡스가 떠올라 하늘에 있는 그에게 안부를 물을 때 나의 목소리가 그에게 또렷하게 들리기를 빈다. 오티브 잡스의 말대로는 살지 못할 테다. 미안해요, 오티브 잡스. 난 시집은 못 가요. 이번 생은 시집갈 팔자가 아닌 거 같아요. 대신 다른 재미있는 것들을 많이 하면서 최대한 현상유지한 채로 저승에 갈 테니, 가면 알아보고 아는 척해 줘요.

오티브 잡스의 한국 이름은 오지영. 남자치고는 꽤나 부드러

운 이름이다. 나는 여전히 그 이름을 떠올릴 때면, 그의 웃는

얼굴을 또렷하게 기억해 낼 수 있다. 그것만으로도 우리는 꽤

나 특별한 친구 사이였다고 말할 수 있겠지.

우리 이별의 끝은 나의 눈물
어디까지 특별해져야 할지 모를 나의 투병

또 지혈이 잘되지 않는다. 투석 중 혈관 압력이 정상 수치 이상으로 오른 것은 꽤 오랜 일이며, 수시로 혈관통에 시달리고 있다. 투석하는 왼팔에 툭 불거져 올라온 나의 동글이(정확히는 혈액 주머니지만, 애칭으로 동글이라고 부르고 있다. 공처럼 생겼다.)는 바람에 스치기만 해도 아프다.

이제 나는 미리미리 혈관 재개통술을 위한 중재신장실 예약을 잡아둔다. 나를 따라가 줄 보호자가 시간을 낼 수 있어야 하고, 평일이어야만 하므로 보호자의 스케줄러를 보고서 날짜 합의를 했다. 7월 7일이라는 구체적인 시술 날짜를 마음에 품고, 대학병원의 간호사 선생님께 전화를 드렸다. 아주 쉽고 빠르게 K 교수님 시술 예약이 잡혔다. 내가 할 수 있는 일 중에 이토록 매끄럽게 처리되는 일이 또 어디 있을까? 별것 아닌 시술 예약도 나는 행복하다. 만으로 11년을 넘게 만나고 있는 K 교수님을 뵐 수 있다는 사실도 내게는 즐거운 일이다. 찢고 꿰매는 일 이후에 오는 고통을 제외하면 말이다.

(K 교수님의 개인정보를 함부로 공개해도 되는지 모르겠지만) 1958년생인 우리 교수님은 이제 정년 퇴임을 앞두고 계시다. 점잖고, 과묵한 미남이신 데다 이 분야 최고의 실력자로 인기가 많으시다. 물론 나에게도 인기 폭발. 나는 교수님의 정년을 연장해달라는 요구 서신을 대학병원 측에 보내기도 했으나, 효과는 없었다. 교수님의 퇴직을 앞두고 한 번이라도 교수님을 더 만나려고 그러는지, 이놈의 혈관은 자꾸만 말썽이다.

교수님을 만날 때마다, 교수님이 보고 싶어서 이 녀석이 나를 자꾸 이리로 데려온다고 농담을 하지만, 교수님은 웃으시면서도 깊게 고뇌하는 얼굴을 하셨다. 투석 환자에게 있어 투석 혈관이란 생명줄과도 같은 것인데, 그 생명줄이 자꾸만 고장이 나니 그 걱정의 무게가 오죽하랴. 나도 늘 걱정은 된다. 그러나 아무렇지 않은 척하려고 노력한다. 나는 오로지 교수님을 믿는 일과 의연한 척하는 것 외에는 달리할 수 있는 일이 없기 때문이다. 이제 죽고 사는 문제 같은 것은 하늘에 맡긴 지 오래다. 사실, 건방지게도 하늘이 나를 죽이지는 않으리라는 어떤 믿음 같은 것이 있기도 하다. 죽을 운명이었다면 이미 2012년 1월 17일, 이 대학병원에 오기 전에 나는 죽었어야 했다.

교수님과 나는 2012년 1월 17일 운명적으로 만났다. Y 교수님과 첫 외래진료를 본 뒤, 응급실 한편에 부려져 있던 나는 젊고 다정한 여자 주치의 선생님의 길고 긴 설명을 듣고, 응급실 옆 중재 신장실로 실려 들어갔다. 그리고 그곳에서 오른쪽 가슴을 열고, 응급으로 투석을 위한 카테터를 삽입했다. 그 카테터를 삽입해 주신 분이 바로 K 교수님이시다. 그때부터 오늘까지 이어져 온 인연이 만으로 11년째를 맞이하고 있다. 이제 내 혈관은, 사실 조영제를 흘려서 보지 않아도 교수님 눈 앞에 훤히 보이는 거나 마찬가지가 아닐까? 혈관 재개통술을 하면, 40분이면 시술실을 나올 정도니까. 다른 환자들은 보통 1시간 반 정도가 걸리고, 심각한 상태일때는 최대 3시간까지도 걸리는 시술인데 말이다. 그리고 언제부턴가 교수님이 해주신 혈관 재개통술은 시술 이후 통증이 하나도 없을 정도여서 거의 긴장 같은 것은 하지 않게 되었다.

그런데 2022년 7월의 시술은 좀 달랐다. 이번에야말로 진짜 교수님과 마지막 시술이 될 예정이어서(교수님은 8월 2일까지만 진료를 보신다.) 괜스레 마음이 울적했더랬다. 그런데 시술 어시스턴트를 할 선생님들이 다 외국 분들이어서, 투석하는 내 왼팔을 교보재 삼아 너무 심하게 누르고 비트는 통에 기분이 멜랑꼴리해졌다. 시술 어시스턴트인 선생님이 내 손을 왈츠 추듯 잡고서 전체 팔을 소독해주는데, 이분들은 그것마저도 영 소질이 없었다. 세심함이 매우 매우 부족했다. 그래서 시술대 위에서 나는 굳은 얼굴로 누워있었다.

그러자 곧 차가운 시술 방으로 K 교수님이 들어오셨고, 나는 그제야 좀 풀어진 얼굴로 교수님을 바라보았다. "보고 싶지 않은 얼굴이 누워 있어서 어쩌죠." 내 투석 혈관이 자주 좁아지기에, 최대한 나를 만나고 싶지 않으셨을 교수님을 배려한 농담이었다. 교수님은 눈빛으로 손사래를 치시며, 외치셨다. "아니야. 네 얼굴은 엄청 보고 싶었어!!"

아, 이 다정함이란! 한때는 넓디넓은 대학병원 건물 내에서 교수님을 마주쳐도 인사를 하지 않고 지나쳤었다. 나에게 K 교수님은 한 분이지만, K 교수님께 나는 수백, 수천 환자들 중 하나일 뿐일 테니 나를 기억 하실 리가 없다는 생각 때문이었다. 그런데 마스크를 쓰고 멋쩍은 듯 교수님을 지나치고는, 아쉬운 마음에 뒤돌아보았는데 나를 보고 계시던 교수님을 발견했던 그때, 우리의 시선이 교차되었던 그 순간에서야 나는 아차 하는 마음이 들었다. 그리고 그 에피소드를 중재신장실의 간호사 선생님께 말씀드리면서 교수님께서 나를 아주 잘 기억하고 계심을 알게 되었다. 그래서 그 이후로는 교수님께 조금 친근하게 까부는 여유도 부릴 줄 알게 되었는데, 이토록 이별이 빨리 올 줄은 알지 못했다. 만으로 11년이 되도록 내게 이식 기회가 오지 않을 줄 몰랐기에, 교수님은 언제나 그 자리에 계셨기에

서른 살이 되지 못할 줄 알았습니다

늘 나와 내 혈관을 위해 애써주시리라 믿었다. 이별을 미리 알고 있었다면, 나는 교수님을 다섯 번쯤 만났을 때부터 아주 친근하게 까불었을 거다.

우리의 마지막 시술. 교수님은 평소보다 더욱 다정하게 바늘구멍이 잔뜩 나 있는 내 왼팔을 따끔하게 마취해 주셨다. 그리고 내 콧줄로 가스가 들어오고, 혈관을 타고 수면 유도제가 들어올 즈음 갑자기 나를 부르셨다. "이정연이!!" "넵!!" "오늘 선생님이 다른 시술 하나를 더 해줄게." "지난번에 해 주셨던 밀러 시술이요??" "그래. 그거." "그거 엄청 아팠는데요... 힝..." "에이. 뭐가 아파. 하나도 안 아파. 이번에는 선생님이 안 아프게 해 줄게!" "알겠습니다!"

분명 푹 잠이 들어야 하는데, 나는 시곗바늘이 얼마 움직이지도 않았는데 깨어났다. 깨어나서는 교수님한테 아프다고 난리를 쳤다. 아픈데 언제 끝나느냐 징징거린 기억도 난다. 그리고는 나 아프니까 재워달라고 했더니만, 교수님이 "잠은 집에

서 자야지, 왜 자꾸 여기서 자려고 해."라고 하셨다. 분명 약에
는 취해있었는데, 스스로의 만행이 모두 떠오르다니... 퍽 재미
있고, 부끄럽다. 다 끝났다며 나를 타이르시던 교수님은 정말
로 금방 시술을 마무리해 주셨다. 교수님은 한 번도 오지 않던
내 머리맡으로 와서, 아주 귀엽다는 듯 머리통을 감싸 쥐고 흔
드셨다. 한 번도 없었던 그 다정한 손길에 우리의 마지막이 자
꾸만 실감이 되었다.

"정연 씨가 우리 시술실 환자 중에 제일 어린데, 정연 씨랑 또
래에, 시술실에서 이렇게 말 많이 하는 환자가 하나 더 있어요.
진짜 둘이 비슷해. 키만 그 친구가 더 커요." 간호사 O 선생님
의 말씀에 나는 기회를 놓치지 않았다. "아, 그러면 제가 더 작
으니까 이 시술실 환자 중에 제가 제일 귀엽겠네요?"

"맞아, 맞아." "그래, 네가 제일 귀엽지." O 선생님의 대답에,
K 교수님도 환하게 웃으며 맞장구를 쳐주신다.

여전히 약에 취한 귀여운 진상 환자는, 이제 시술대에서 침

서른 살이 되지 못할 줄 알았습니다

대차로 옮겨 탄다. 시술이 끝나면 바로 방을 떠나셨던 K 교수님은 오늘은 시술대 발치에 서서 나를 물끄러미 바라보고서 계신다. 그 모습을 마지막까지 보려고 시선을 고정했다가, 눈물이 왈칵 쏟아지려고 해서 황급히 고개를 돌렸다. 아무도 모르게 실은 조금 울었다.

이렇게 우리의 이별은, 나의 눈물로 마무리되었다.

그리고 이틀이 지난 오늘까지도 나는 K 교수님을 생각한다. 시술 부위가 아파도 너무 아프다. 그도 그럴 것이, 살짝 구멍을 뚫어서 기구를 넣어 좁아진 혈관을 넓히는 일반적인 혈관 재개통술과 달리, 내가 받은 밀러 시술은 메스로 생살을 찢어서 안에 있는 혈관 통로를 꿰매는 일이다. 나는 혈관 재개통술과 밀러 시술을 동시에 받았기에, 팔뚝에 여러 시술 부위를 꿰매어 밴드로 덮어놓았다. 그래서 아주, 매우 겁나 아프다. 그럼에도 이를 악물고 출근을 했다.(회사에서는 내 병을 알지 못한다. 쉿!) 그리고 특별히 아픈 이 시술은, 적어도 내가 다니는 내과의 인공신장실에서는 100여 명의 환자 들 중 그 누구도 받아보지 못한 시술이다. 정말이지, 어디까지 특별해져야 할지 모를 나의 투병기. 좀 멋지다고밖에 말할 수 없다.

언젠가 이식을 받고, 건강해진 모습으로 K 교수님을 뵙게 될 날이 있겠지? 우리 인연의 끈이, 이곳에서 끊어질 운명이 아니기를 간절히 빌어본다.

서른 살이 되지 못할 줄 알았습니다

당신은 나의 이불이 되고

하릴없이 SNS를 돌아다닌다. 무척 유명하고, 인기가 많은 캐릭터의 얼굴이 커다랗게 수놓아진 차렵이불 세트 광고가 무작위로 떴다. 12년 전의 기억이 해일처럼 밀려온다.

24살이 저물어가던 무렵부터 이상이 느껴지던 몸은, 어느 순간부터 감당이 되지 않을 만큼 아팠다. 갑자기 왜 이렇게 아파야 하는지 알 수 없었다. 더는 일상 생활이 불가능했다. 여러 내과를 거쳐 일산의 대학병원 응급실에 실려 갔다. 실려 갔을 당시의 혈압은 260. 그 분주했던 응급실의 광경은 지금도 잊을 수 없다. 나는 곧바로 입원실로 올려졌다. 그리고 짧은 입원 생활을 하고 퇴원했다. 다른 대학병원으로 옮겨가기로 가족들과 결정했기 때문이었다.

퇴원한 나는 종일 온갖 통증에 시달리며 웅크려 누워있었고, 그러다 보면 어느새 기절해 정신을 잃었다. 일상은 산산조각이 났다. 혜화동의 사무실은 아주 먼 꿈처럼 사라져 버렸다. 눈을 뜨면 휑한 천장만이 빙글빙글 돌았다. 새해가 되자마자 서울의 대학병원에 입원했다. 건강한 것이 당연했던 일상이 증발해 버렸다. 이제 아픈 것이 기본값이 되어버린 낯선 일상. 끊임없는 검사와 처음 받는 응급 투석 앞에 정신을 차릴 수 없었던 날들이었다. 대학병원의 입원 생활이 보름쯤 되었을 무렵에서야 왼팔에 투석 통로를 만드는 혈관 수술 일정이 잡혔다. 그리고 그 수술을 기점으로 지금까지와는 완전히 다른 삶이 펼쳐질 것이었다. 작은 흉터조차 없던 팔에 혈관이 지나는 모양으로 그림이 그려졌다. 이 그림을 토대로 동맥과 정맥을 잇는 수술을 하고 나면, 평범했던 24살의 이정연으로는 다시는 돌아갈 수 없음을 온몸으로 느꼈던 그 밤. 나는 소리 죽여 뜨겁게 울었다. 2012년 1월의 마지막 밤이었다.

수술을 하던 날은 정신이 없었다. 티브이 드라마에서처럼 수술실로 들어가는 침대차를 붙들고 가족과 눈 맞춤을 하는 장면 따위는 없었다. 우리는 미리 헤어져 나는 수술방으로 가

서른 살이 되지 못할 줄 알았습니다

기 전의 대기실에서 마취를 위해 기다리고 있었고, 엄마와 동생은 따로 마련된 보호자 대기실에서 나를 하염없이 기다려야 했다.

원래도 시력이 좋지 않은 데다, 당시에는 눈앞에 뿌연 막이 세 겹쯤 씌워진 것 같은 상태여서 모든 상황이 더욱 두려웠다. 이렇게 어린 친구가 왜 콩팥이 망가졌을까, 하며 마취과 선생님이 이런저런 질문을 하셨다. 그분의 예상은 하나도 들어맞는 것이 없었다. 나는 신장이 망가질 만한 일도, 기저질환도 달리 없었다. 그 수술 대기실에서 생각했다. 세상 모든 일이 인과관계가 분명한 것이 아니구나. 몸이 망가지고 나서, 아주 큰 교훈을 얻었다. 건강한 삶이 당연한 줄 알았는데, 그 또한 당연한 것이 아니었구나. 이 세상에 당연한 것은 어쩌면 아무것도 없는지 모른다. 인과관계가 분명하지 않은 인생 앞에, 당연하다 생각했던 것을 잃은 인생 앞에 절로 겸허한 마음이 되었다. 혼자 교육 방송을 찍다 보니, 드디어 침대차가 움직이기 시작했다. 드라마에서나 보던 그 수술실에 들어가 한가운데 누웠다.

나 하나를 두고, 수많은 의료진이 움직이는 광경이라니. 솔직히 이런 장면이 있는 걸 보면, 나도 드라마 주인공급인데 말이지? 제발 이 장면에서 죽어서 사라지는 단역이 아니길 빌며 눈을 질끈 감았다.

'나는 예민한 사람이니까 마취가 제대로 안 되는 것은 아닐까?'하는 것은 정말 바보 같은 생각이었다. "숫자를 세 보세요."라고 남자 선생님이 내게 시켰다. 열까지 차례로 한 번, 거꾸로 한 번을 더 했던 것도 같다. "숫자 세다가 졸릴 거라고 했는데 정말로 잠이 들었다."로 문장이 끝나면 이정연이 아니다. 잠이 든 줄 알았는데 중간에 한 번 깨어났고, 손목에 닿던 메스의 차가움을 그대로 느꼈다. 소름이 다 끼쳤다. 정말 깨어났던 것인지, 꿈이었는지 지금에 와서는 분명치 않다.

그리고 다음 순간 현실에서 깨어났을 때, 나는 소리를 지르고 있었다. 누군가 도끼로 내 왼팔을 잘라낸 줄 알았다. 24년 동안 단 한 번도 느껴보지 못한 생경한 고통이었다. "아아아아

서른 살이 되지 못할 줄 알았습니다

아아아아아아, 저는 12병동 112호 환자 이정연입니다. 병실로 보내주세요. 엉엉엉엉엉. 너무 아파요. 엉엉엉엉엉." 어디인지 모를 회복실, 나는 수도 없이 저 문장만을 반복하며 흐느껴 울었다. 그 정신없는 가운데, 12층의 112호라는 본인의 소속과 이름을 분명히 말하다니. 무조건 가족들을 만나겠다는 생각에 서였던 것 같다. 병실에 가면 그들이 나를 기다리고 있으리라는 생각, 그러므로 병실로 돌아가야만 한다는 생각이 머릿속에 가득했다. 성량이 풍부한 내가 밑도 끝도 없이 소리를 질러댔으니, 회복실의 의료진들은 내 이름을 블랙리스트에 아주 꾹꾹 눌러썼을지도 모르겠다.

태어나 처음 들어가 본 수술실, 처음 주입된 온갖 약물들로 인해 나는 계속 섬망 증상을 보였다. 어쨌든 침대차는 다시 병동을 향해 움직였고, 어느새 나를 내려다보며 눈물짓는 엄마와 동생이 보였다. "제정신이 아닌 채로 소리를 지르고 난리를 쳤다."는 증언을 나중에 동생에게서 들었다. 누나가 아닌 다른 사람 같아서 너무 무서웠다고. 그러나 의식 깊은 곳에서 나는 안심했다. 가족들을 보자마자 '이제 무슨 일이 있든 나를 지켜줄 가족들이 옆에 있다'고 생각했던 기억만은 또렷하다.

엄마와 동생은 지하철로만 2시간이 걸리는 병원에 오가며, 교대로 나를 돌보았다. 엄마는 회사에 가야 했기 때문에 동생이 더 오랜 시간 내 곁을 지킬 수밖에 없었다. 키가 184센티미터나 되는 동생의 다리는 똑바로 누우면 보호자 침대를 한없이 이탈했다. 늘 쪼그리고 자는 그 애의 모습을 보면 차라리 침대를 바꿔 눕자고 하고 싶을 만큼 걱정이 되었고, 녀석의 코 고는 소리가 너무 클 때는 팔뚝을 때리느라 정신이 없었다. 그리고 여자병실에 건장한 남학생이 보호자로 있다고 종종 눈치를 받기도 했다. 그 순간만큼은 '엄마 없는 하늘 아래'를 찍는 심정이 되었다. 우여곡절 끝에 대학병원에서의 입원 생활을 무사히 마치고 우리는 퇴원을 했다.

쾌적한 병실에서 다시 초라한 월셋집으로 돌아왔다. 강남에 있는 대학병원은 5인실임에도 무척 넓고 깨끗해서 정말이지

서른 살이 되지 못할 줄 알았습니다

지낼만했다. 내 마음이 지낼만하지 않은 것이 문제였지, 환경 자체는 훌륭했다. 아프기 전에는 아무리 현재가 초라해도 괜찮다고 생각했다. 나에게는 꿈이 있었고, 그 꿈을 이룰 재능이 있다고 믿고 늘 자신을 격려해 주었다. 그러나 병든 몸으로 초라한 집으로 돌아오니 슬픔에 잠겨 헤어 나올 수가 없었다. 나의 스물다섯이 너무도 불쌍했다. 죽고 싶었다. 그러나 엄마는 무언가 아는 듯이 자꾸만 내 손을 잡았다. 잡은 손이 따뜻했다. 덕분에 자주 눈물이 났다.

서울로 출퇴근하게 되었던 24살의 가을에는 출퇴근만으로도 힘들어 불가능했지만, 이전의 나는 참 가정적인 딸이었다. 아침 일찍 출근해서 아르바이트하고, 돌아오는 오후에 자주 시내 마트에 들러 장을 봐 오곤 했다. 대단치는 않아도 그렇게 얇은 지갑을 털어 사 온 음식 재료로 소박한 밥상을 차리곤 했다.

아빠의 연이은 사업 실패, 낯선 도시를 떠도는 불안정한 생활 속에도 엄마는 쉬지 않고 우리를 위해 성실하게 일했다.

20대의 내가 할 수 있는 일은 엄마의 성실함을 본받아 일하고 공부하는 것뿐이었다. 엄마가 덜 힘들도록 동생과 집안 살림을 나누어서 하고. 그래서 엄마는 늘 말했다. "정연이는 어디 내놓아도 엄마가 걱정이 없지." 그러나 이제 모든 것은 달라졌다.

오로지 생활을 꾸려나가는 것과 꿈을 꾸는 일밖에 없던 삶에 낫지 않는 병이 들러붙고 나서, 나는 매일 절망 속에 살았다. 무력한 스물다섯의 병든 몸만이 덩그러니 남았다. 엄마 혼자 벌어 겨우 입에 풀칠이나 하는 지지리도 가난한 살림, 아빠의 실패로 인한 빚들. 내가 성공해서 모든 걸 되돌려 놓고 싶었던 시절이 있었다. 그러나 이제 내겐 힘이 없었다.

엄마는 퇴원한 나를 두고 사라졌다가 커다란 이불 가방을 들고 나타났다. 원래도 아기자기한 걸 좋아하는 애가 아닌데, 자꾸만 아프다고 징징거리는 나를 달래는 방법으로 캐릭터 이불을 선택하다니 좀 뜨악했다. 그런데 의외로 그게 먹혀들었다.

없는 살림에 너무 비싼 이불 세트인 것 같아서 걱정하는 말을 했더니, 엄마는 당당하게 말했다. "십삼만 원 달라는 거, 세트로 사니까 무조건 깎아달라고 해서 십만 오천 원에 샀어. 엄마 잘 깎았지? 우리 아기가 덮을 건데 좀 비싸면 어때. 이게 그 가게에서 제일 예쁘더라고. 이불 가게 들어가자마자 눈에 확 띄더라."

10대 때도 좋아해 본 적 없는 '안녕, 고양이' 캐릭터 이불 세트를 보고 완전히 무장해제가 되어 버린 나는, 얼른 이불을 빨아달래서 패드를 깔고 귀여운 이불을 사계절 내내 덮었다. 얇은 솜으로 된 속통과 겉감을 분리할 수 있었기에, 여름에는 속통을 뺀 겉감만 이불로 쓰면 딱 맞았다. 베개는 어린이용처럼 작은 크기였는데 내 머리로 짓누르기가 아까워 다른 베개를 베고, '안녕, 고양이' 베개는 품에 꼭 끌어안고 잤다. 그 작은 베개를 꼭 끌어안고 자면, 내 투석 혈관의 소리 가 '쉑쉑'하며 어둠 속에서도 고막을 가득 채웠다. 처음에는 기이했던 그 소리가, 나중에는 건강하게 투석을 받을 수 있는 안심의 소리가 되었다. 그 소리는 심장 소리 같이도 들려서 '오, 두 개의 심장? 나도 박지성!' 이렇게 웃을 수도 있게 되었다. 엄마가 나의 이불이 되어주었기 때문에 나는 점차 밝아질 수 있었다.

　복이라고는 지지리도 없는 엄마의 인생, 차마 자식을 먼저 보낸 불쌍한 어미까지 만들고 싶지는 않았다. 몇 번이고 죽고 싶었지만, 몇 번이고 죽지 못했다. 한 번은 죽으려고 약을 털어 넣으려는데, 동생이 낮은 목소리로 나를 말렸다. "존경하는 사람이 딱 두 명 있다. 그 중 한 사람이 엄마고, 나머지 한 사람은 누나야. 지금까지 누나가 씩씩하게 버티는 거 보면서, 내가 누나였다면 어땠을까를 항상 생각했어…. 나였다면 누나처럼 버티지 못했을 거야, 절대로. 내가 존경하는 한 사람이 이 세상에서 사라지는 건 정말 싫다…. 나를 위해서라도 한 번만 더 참고 버텨줘. 제발." 동생이 하염없이 울었다.

　때로는 삶의 이유를 찾기 힘든 날이 있다. 나 자신조차도 내 삶의 이유가 되어주지 못하는 버겁고 초라한 날들. 그저 도망

서른 살이 되지 못할 줄 알았습니다

치는 것으로 모든 것을 마무리하고 싶어지는 비겁한 결말을 꿈꾸는 날들. 그럴 때, 당신은 나의 이불이 되고, 당신은 나를 위해 울었다. 그렇게 우리는 셋이 끊임없이 울고, 또 싸우고 사랑하며 오늘까지 왔다. 내가 그토록 사랑했던 이불은, 열심히 빨아서 덮고 하는 몇 년 동안 점점 모서리 끝이 헤지더니 어느 날 부욱 하고 찢어졌다. 이불 귀퉁이가 찢어졌으면 그냥 거지왕초처럼 덮고 잤을 텐데, 정 중앙이 사선으로 찢어져서 눈물을 머금고 버렸다. 이제 나는 25살 때처럼 울고 어리광 부리지 않는다. 알아서 따뜻한 이불을 사서 덮는다. 엄마가 나의 이불이 되어주었듯, 이제 발병하던 순간으로부터 11년 9개월만큼 나이를 먹고 성숙해져서 내가 엄마의 담요가 되어줄 정도로는 자랐다.

2024년 새해가 되면 꽉 찬 12년의 투병 생활이 된다. 12년 동안 참 많이 아팠고, 참 많이 울었지만, 그 이상으로 많이 웃었다. 나는 늘 생의 마지막에 대해서 생각했다. 늘 해보지 못한 것들, 아쉬운 일들이 떠올라 결국은 살아가는 일을 멈출 수 없었다. 그래서 후회하지 않기 위해서 즐거운 일들을 미루지 않고 했다.

21살의 아기 같은 얼굴을 했던 동생은 어느새 본인 차를 몰고 다니는, 성숙한 30대 회사원이 되었다. 공휴일인 월수금에는 무조건 나를 병원에 실어다 주고, 또 데리러 온다. 그런 날에 엄마도 집에 있으면 우리 셋은 동생의 차를 타고 맛있는 점심을 먹으러 다닌다. 비싸고 고급스러운 음식은 아닐지라도, 동생이 평소 회식을 하며 맛있다고 생각했던 곳이나 가족 중 누군가가 먹고 싶은 메뉴를 말하면 마음을 모아 먹으러 간다. 어쩌면 평범한 이들에게는 아무것도 아닐 일일지라도, 우리에게는 이런 작은 일상이 크고 감사한 기쁨이다. 아프다는 것은 절망만 준 것이 아니었다. 아픈 나를 돌아보는 가족의 눈빛을 알게 했고, 그 눈빛이 나를 버티게 했다. 아주 평범한 일상을 가슴 벅찬 행복으로 느낄 수 있게 되었다.

마음 누일 곳만 있다면, 우리는 어떤 절망 속에서도 살아남

서른 살이 되지 못할 줄 알았습니다

을 수 있다. 나는 지금도 생각한다. 오늘보다 더 나은 내일이 있을 거라고. 그리고 글을 쓰며 싱긋 웃는다. 혹시 당신이 마음 누일 곳을 찾지 못해 힘들다면, 나는 이 글로 당신을 위한 이불을 짓겠노라. 버티기 힘든 순간, 나 자신조차 버티는 이유가 되어주지 못할 때 분명 곁에 사람이든 무엇이든 나를 버티게 하는 존재가 있다.

그리고 살아만 있으면 언제든 좋은 일은 있을 것이라고, 나는 언제나 믿는다. 그래서 당신을 위한 글 이불을 지으며 생각한다. 희망을 믿는 한, 우리에게는 반드시 기적처럼 좋은 날이 찾아올 것이다.

PART

05

이정연의 평범한 하루

이정연의 평범한 하루

어쩌면 막장 드라마, 혹은 가족 드라마

요즘 마음이 복잡하다. 사실 우리의 성장 과정 내내 엄마는 다정한 사람이었다. 집에 친구들을 언제 데려와도 간식을 푸짐하게 내주며 대접해 주었고, 맛있는 밥을 해주거나 특별식을 사주는 일에도 돈을 아끼지 않았다. 친구들은 누구나 우리 집에 오는 것을 좋아하고 또 나의 다정한 엄마, 따스한 우리 집을 부러워했다.

엄마는 내가 열두 살이 되도록 산타를 믿을 수 있게끔 완벽한 연기를 해주었고, 늘 내 욕망을 깊이 있게 이해하는 크리스마스 선물들을 해주었다. 예를 들어 미미의 집 같은 것.(나는 고학년까지 미미 빠였다.) 내가 반장이 되면 다음에는 제발 반장 선거에 좀 나가지마라 하면서도 혹여나 학교에서 불이익을 받을까 싶어서 나름대로 최선을 다해 뒷바라지를 해주었고, 나는 매년 엄마의 그 마음을 이용했다. 이제 와서 고백하자면, 그때의 나는 권력욕에 반쯤 미친 어린이였고 청소년이었다. 엄마는 미미의 집을 사주는 일에서 그치지 않고, 나의 권력욕을 채우는 일에도 최선을 다해 부응해 준 것이다.

그러나 나름대로 행복해 보이는 우리에게도 사정은 있었다. 엄마는 다정하고 좋은 엄마였지만, 늘 지나치게 섬세한 나와 부딪혔다. 꼬집어 말할 수 없게, 때로 꼬집어 말할 수 있을 만큼의 무신경함이 나를 힘들게 했다. 내 비밀 일기나 감성이 담뿍 담긴 글까지 훔쳐 읽고 칭찬하곤 했다. 심지어 손톱만 한 장난감 자물쇠가 달린 것도 열어서 말이지. 맙소사.

그리고 엄마는 무척이나 강했지만, 달리 속내를 털어놓을 사람이 없었던 탓인지 어린이였던 나에게 하소연을 했다. 시어머니(시어머니 용심은 하늘이 내린다고 하였다!)는 갓 시집온 새색시

인 엄마에게 김장 150포기를 혼자 하라고 했다. 그건 내가 태어나기 전부터 시작되어, 똑똑한 어린이로 자라나기까지 계속되었다. 게다가 용심 충만한 시어머니와 기센 큰 동서, 못돼 쳐먹은 아랫 동서까지 합심해 셋이서 엄마 하나를 아주 못살게 굴었다. 어린 내가 보기에도 늘 엄마는 부당한 대우를 받았다.

어렸던 나는 연약한 엄마를 지키기 위해 어른들에게도 기꺼이 맞설 각오를 가슴에 칼처럼 품고 살았다. 똑똑한 네가 어느 때고 나서서 엄마를 지켜줘야 한다고 강요했던 (지금은 절연한) 이모의 입김도 꽤나 크게 작용했다. 덕분에 나는 나중에 집안의 가장 큰 어른이었던 할머니에게까지 맞서는, 정말로 대가 센 계집애가 되어 버렸다.

엄마는 다정하고 정말로 좋은 사람이었지만, 나를 아이답게 살게 해 주지는 못했다. 나는 단 한 번도 엄마에게 뭔가를 졸라 본 일이 없었고, 초등학교 입학식 이후 첫 등교에 "앞으로는 이 길을 외워서 혼자 다녀야 해."라고 엄마가 말하기에 입술을 꼭

서른 살이 되지 못할 줄 알았습니다

깨물고 혼자 그 길을 외워 다녔다. 동생이 여덟 살이 되어 입학했을 때, 손을 잡고 함께 등교할 누나가 있다는 사실이 참 부러웠다. 나는 처음부터 혼자였던 그 길이 어린 마음에도 쓸쓸했나 보다. 엄마는 혼자서 할 수 있는 일은 혼자 하게 내버려두었다. 밥숟갈을 들고 쫓아다니는 일도 절대 하지 않았다.

그랬던 엄마가 지금은 아이처럼 군다. 본인은 내 손목이 부러졌을 때도 혼자 머리를 감게 내버려두고서. 어릴 때부터 나는 독립적인 어린이로 성장하느라, 엄마 이야기를 들어주고 마음을 굳게 먹느라 무척 힘들었는데 말이다. 자라면서 때때로 벽에 부딪혔던 힘든 순간에도, 나만이라도 엄마를 힘들게 하지 말자는 생각에 혼자 헤쳐 나오기 위해 얼마나 애썼는데. 요즘의 엄마는 잠이 부족한 내 머리맡에 새벽 세 시에도 찾아오고, 새벽 다섯 시에도 찾아온다. 그리고 속상하다는 얘기를 한다. 오늘 당장부터 출근을 하고 싶지 않다고 울먹이는 소리를 하고, 사표를 쓰겠다 하기에 내 나름대로 다정하게 그만둬도 된다고 편을 들어주어도 또 저녁이 되면 참고 더 다녀보겠다고 말을 바꾼다. 어쨌든 엄마가 가장이라는 책임감에 짓눌려, 또 한편으로는 자존심 때문에 그러는 것을 알면서도 속이 터진다.

집에 혼자 있기가 싫다고 하고, 세상을 잃은 듯 우울한 얼굴을 하고 멍하니 앉아있기도 한다. 대학병원 외래도 혼자는 못 가겠다고 해서 나는 지난주에 이어 이번 주도 엄마와 전철을 갈아타고 서울을 거쳐 부천까지 오가고 있다. 혼자 전철 타는 걸 무서워한 것은, 아주 오래전부터 그러해서 전철을 타야 할 만큼 먼 곳은 늘 내가 동행하지만, 요즘은 어리광의 정도가 조금 심하게 느껴질 때가 있어 당황스럽다.

가족을 기꺼이 보듬고 짊어지는 따스한 사람들도 많은데, 나는 스스로의 바닥을 본 것 같다. 내 몸도 너무 아프고 힘든데, 나도 보통 병이 아닌데 엄마를 모두 받아주기가 너무 버겁고 성가신 마음이 들었다. 그래도 애쓰고, 또 애썼다. 내가 스스로의 바닥을 볼 것만 같으면 생각하기를 딱 멈추어버렸다. 달리 방법이 없었다.

서른 살이 되지 못할 줄 알았습니다

수요일은 원래 엄마가 회사 사람들과 여행을 떠나기로 했던 날이었다. 엄마의 신변에 변화가 생기면서 여행도 취소되었다. 엄마 마음이 울적하겠지 싶어서, 가까운 어디라도 모시고 가야지 했다. "엄마 임진각에 곤돌라 타러 갈까요?" 우리 가족 중에 엄마만 곤돌라를 아직 타 보지 못했다. 그래서 투석이 끝나고 집에 돌아와서 아주 힘들고 피로한데도, 아주 조금 쉬었다가 박카스 한 병을 까 마시고 길을 나섰다.

택시를 타고 임진각에 가서 곤돌라를 탔다. 밭과 강을 건너 민통선으로 향했다. 아주 가파른 언덕을 올라, 전망대에 갔다. 두 시간 전까지 바늘을 꽂고 누워있던 몸이라 그런지 골반까지 아플 정도로 힘들었지만, 비싼 돈 내고 곤돌라 크리스털(투명한 바닥을 통해 몇십 미터 아래를 볼 수 있다.) 티켓을 끊어 민통선까지 넘어왔는데 그냥 갈 수는 없지. 투석한 날 내가 여기까지 왔다며 생색을 내면서(더러운 생색쟁이) 전망대까지 올라 엄마를 평화정에 세워놓고, 평화의 등대에도 넣어놓고 사진을 찍어드렸다. 엄마의 눈이 아이처럼 빛났다. 전망대에서 맞는 바람은 시원하다 못해 차갑기까지 한 것이 기분이 제법 좋아졌다.

민통선 안에 있어서 비싸겠지 싶어서 쳐다도 보지 않았던, 곤돌라 탑승장에 있는 카페에도 엄마 손을 끌고 들어갔다. 각자 아이스커피 한 잔씩과 빵 두 개를 주문해서 마주 앉았다. 커피는 보통 카페의 가격이었고 빵도 대단히 비싸지는 않았지만, 평소의 나라면 빵 하나에 그 돈을 쓰지는 않는다. 하지만 어쩔 수 없다. 무조건 엄마의 기분을 풀어 주어야 한다. 요즘의 내 사명이다. 엄마가 빵도 잘 드시고, '아메리카노는 이래야지' 하며 커피도 썩 마음에 들어 하신다. 엄마와 눈을 맞추며 이야기를 나눈다. 지나치게 착하게만 살아서, 엄마의 회사 생활 내 인간관계에 문제가 생겼지 싶어서 내가 살아오면서 깨달은 것들을 이야기한다. 마주 앉은 엄마의 손을 꼭 잡으며.

올 때는 택시를 타고 왔지만, 귀가할 때는 전철을 타기로 했다. 그렇다 보니 5시 15분에 임진강역을 떠나는 문산행 전철

서른 살이 되지 못할 줄 알았습니다

시간에 늦을까, 우리는 또 강을 건너 평화누리 공원을 눈으로
만 스윽 훑고 임진강역을 향해 함께 걷는다.

사실 이곳은 2012년 내가 아프고 나서, 도시락을 싸 가지고
가족끼리 소풍을 왔던 곳이다. 그때는 바람개비 언덕도, 곤돌
라도 없던 때지만 내가 타고 싶다고 해서 우리는 평화누리 열
차를 타고 임진각 일대를 쭉 돌고, 지금의 평화누리공원 잔디
밭에 돗자리를 크게 깔아 두고 엄마가 이른 아침에 싼 도시락
을 함께 먹었었다. 사느라 바빠 어디 놀러 한 번 가보지 못하고
병을 얻은 내가 안쓰러워 엄마의 휴무 날 우리는 기차를 타고
여기를 왔었지. 그때는 파주에 전철이 개통되기 전이다. 그 기
차에서 엄마가 찍어주었던 봄의 단발머리 소녀를 기억한다. 우
리는 걷는 동안 10년 전의 그 이야기를 함께 나누었다.

엄마의 마음을 보듬으며 생각한다. 내가 이 병을 얻고 난
뒤, 아프다고 성질을 있는 대로 부릴 때 다 받아주었던 엄마
를. 그러나 엄마도 이제는 늙어서 그때처럼은 해줄 수가 없

어서, 말로는 하지 않지만 늘 미안해하고 있다는 것을 모르는 척했다.

집에 돌아오는 길, 너무 행복해서 오늘부터 일기를 쓰고 싶다는 엄마를 동네 마트에 모시고 가서 노트를 사드렸다. 엄마는 밤에 일기를 마구 쓰더니, 우리에게 읽어보라고 건네주었다. "딸이 임진각에 곤돌라를 타러 가자고 했다. 정연이가 빨리 왔으면... 하고 병원에 간 딸을 기다렸다." 일기 속 그 문장을 읽고 울컥했다. 나이가 들면 아이가 된다더니, 내가 평생을 봐 왔던 엄마의 모습이 아니다. 나 자신을 감당하기도 벅찬 내게 의지하는 엄마가 버겁다고 느끼는 스스로가 막장 드라마처럼도 느껴진다. 그러나 나를 온전히 책임지며 길러준 그 옛날의 엄마, 나를 상식적이고 제대로 된 어른으로 길러 준 엄마. 내가 좋아하는 내 자신의 모든 면들은, 나 혼자 자라나서 된 것이 아님을 또 잊고 말았다. 또 저 혼자 큰 줄 알고 말이지.

엄마의 검사 결과는 전에 비해 좋지 않다. 전에 없던 이상도

서른 살이 되지 못할 줄 알았습니다

발견되어, 담당 교수님도 엄마에게 목소리를 높이며 걱정의 말을 했다고 한다. 엄마는 또 마음을 동동 구르며 불안해한다. 그런 엄마를 안심시키는 것은 내 몫이다. 그리고 엄마가 원하는 대로 많은 일들을 함께 한다. 어쩔 수 없이 내 마음에 있는 막장 드라마를 지워야 한다. 엄마를 귀찮아하는 마음, 성가시게 느끼는 마음.

그리고 12월의 첫 번째 날 하는 검사에서, 분명 우리는 마음의 걱정을 모두 덜어낼 수 있을 것이다. 그리고 지금 내가 애쓰는 대로 가족드라마를 계속 만들어 나가야만 한다. 나를 길러내고, 이제는 늙어버린 엄마를 위해서.

사는 게 죄다 사람과 관계된 일

나는 참 친구가 없는데, 친구가 많아요. 이 나이가 되고 보니, 결국 떠나보내야만 하는 관계들이 참 많더라고요. 사실 오늘도 나이 얘기했다가, 돼지띠 큰언니한테 욕먹었습니다만... 이 나이라는 게... 저도 이제 아기는 아니라는, 그 정도 의미란 말이지요. 너무 노여워 마세요. 물론 아직 많이 부족하지만, 저도 세상을 꽤 알만큼은 나이를 먹었습니다.

이상하게도 요 몇 년 사이에 단절된 관계들이 참 많습니다. 20대 때에는 어떤 관계든 놓지 않으려고 했어요. 아주 죽어라 잡고 있었지요. 게다가 전 악명 높은 희귀 난치병 환자잖아요? 나도 기겁하는 내 병인데, 남들인들 기겁 안 하겠어요? 그러니까 외로워서 더욱 곁에 남은 친구들에게 집착했습니다. 물론 메시지에 답 안 한다고 부재중 30통 남기고, 집 앞에 찾아가고 그런 집착 말고요. 혼자 마음으로 번뇌하는 수준의 집착이요. 푸히히. 제가 병에 걸리고 나서 진짜 떠나간 친구들 많았습니

서른 살이 되지 못할 줄 알았습니다

다. 막 좋아한다고 난리 치던 청년도, 저 희귀 난치병인 거 알 자마자 기겁을 하고 도망가던데요? 그 청년한테는 제 병이 호 환마마보다 무서웠지 싶습니다. 분명해요. 그럼에도 이 나이 가 되니까 이제 그들이 이해돼요. 내가 미워서 떠난 것이 아니 라, 좀 불편하고 어려웠을 뿐이라는 걸 이제는 알겠더라고요.

그리고 무엇보다 이제 내 곁에는 진짜 좋은 사람들만 남아 있 으니까, 떠나간 사람들에게 너그러워질 수 있는지도 모르겠습 니다. 내가 불편하거나 싫으면 그러라지. 전 혼자서도 충분히 놀 수 있습니다. 이제 전 유튜브의 노예가 되었거든요. 혼자 시 간을 보낼 방법은 얼마든지 있습니다. 20대 때에 친구들에게 집착한 것은, 유튜브가 없었기 때문이라고요! 유튜브가 지겨 워지면 편하게 전화할 친구 몇 명쯤은 있습니다.(오! 제법인데?)

그리고 이 나이가 되고 보니, 참 많은 일들과 많은 사람들을 겪고 보니 나를 불행하게 하는 관계는 끊어내는 것만이 답이더 군요. 이 나이가 되면, 서로 다른 사람들끼리 이야기한다고 해서 타협점을 찾을 수 있는 것도 아니고 그냥 정신 건강을 위해서 아예 안 보는 것만이 답이란 것을 알게 되거든요. 연락 같은 것도 마찬가지죠. 상대에게서 연락이 오지 않는다는 건, 그에게 있어 나는 굳이 필요한 존재가 아니란 거거든요. 20대 때에는 그 모든 이들에게 꾸준히 연락하고 관계를 이어가기 위해 얼마나 애를 썼던지요. 그때의 정연이를 생각하면 어질합니다. 도시락 싸 가지고 다니며 말리고 싶어요. 도시락 반찬은 역시 계란말이가 좋겠어요. 그때 그렇게 '애써가며' 연락했던 친구 중에 남아 있는 사람, 아무도 없습니다. 웃긴 건 뭐냐면요, 희귀 난치병 환자가 된 정연이를 안쓰러워하던 친구들도 남아있지 않아요. 그 안쓰러움이 과했던 그들, 모두 연기처럼 사라졌다고요. 그냥 이정연을 이정연으로 생각하고, 늘 꾸준했던 사람들만 곁에 남았습니다.

정말 오랜만에 이야기 나눈 친구 E도 그러더군요. 이 나이가 되니 단절밖에 답이 없다고요. 애써서 연락하고 그런 일도 하지 않는다고요. 그런데도 정연이에게는 너무 연락하고 싶었다,

서른 살이 되지 못할 줄 알았습니다

고마운 것이 많은 친구인 데다(E야, 난 너에게 금괴를 준 일이 없단다. 요즘 금괴 농담 밀고 있습니다.) 늘 궁금해서 계속 생각이 났는데 그간 너무 바빠서 자꾸 연락하려다 잊고, 연락하려다 잊었다고요. 바쁘다는 것 다 핑계 같아서 자신이 너무 싫었다길래, 나도 자주 그러니까 너 자신을 미워 말라고 해주었습니다. 저도 생각만 하고 연락 못 하는 고마운 분들이 좀 있거든요. 흠... 그럴수도 있지! 바쁜 현대사회.

친구 E는 저하고 고등학교 때부터 친구입니다. 고등학교 2학년 때 같이 도시락 까먹던 멤버이지요. 정말 웃긴 건 우리가 그렇게 유난 떨던 사이는 아니라는 겁니다. 진짜 철저한 식도락 관계였습니다. 도시락만 딱 먹으면 우리는 각자의 생활로 돌아가곤 했습니다. 우리 우정은 영원할 거야, 이런 소리는 딴 여자들하고 했는데 결국 지금도 곁에 남은 친구는 E군요. 세상사도 인간관계도 참 오묘한 것입니다.

구구절절 제가 살아온 날들을 모두 이야기하기도 힘들지만,

전 아주 오래전부터 평범의 궤도를 벗어나 살아왔습니다. 그 래서 인간관계가 아주 좁아요. 그런데도 마음으로 챙기고 싶은 친구들이 제법 많고, 여기 제 글을 읽고 계신 분들도 사실 모두 친구잖아요? 그러니 친구가 적다는 말도 맞고, 친구가 많다는 말도 맞습니다.

한동안은 인간관계가 지긋지긋하기도 했어요. 나를 아는 세상의 모두가 사라졌으면 좋겠다는 생각도 한 적이 있으니, 퍽 심각하죠? 아, 여러분 모두를 사라지게 하는 것보다는 저 하나 사라지는 것이 훨씬 쉽고 간편하니 제가 사라지고 싶었던 게 맞습니다. 사람들과 관계를 맺으며 실수를 했던 적은 없는가, 지금도 실수를 하고 있는 것은 아닌가 고민하고 있는 나 자신이 견딜 수 없을 만큼 싫기도 했어요. 어쩌면 관계에 대해 고민하는 스스로가 싫어서 모든 관계가 싫어졌는지도 모릅니다. 그런데 살아가는 일이 죄다 사람과 관계된 일이잖아요. 혼자서는 살 수가 없고, 지금 이 방문을 나서면 당장 제 방문 앞에 술에 취해 잠든 동생의 발이 있고요. 엄마가 거실에 켜 놓은 티브

이도 시끄럽다고요. 방문만 나서도 이렇게 사람들이 있단 말이죠. 그러니 사람을 피하고, 또 미워하면서 살 수 있을 리가 없지요.

오늘 제가 주절주절 말이 정말 많죠? 그동안 쓰고 싶은 글을 쓰지 못해서 정말로 스트레스 많이 받았었거든요. 그런데, 오랜만에 작정하고 글쓰기 테이블에 앉으니, 이것 참 쉴 새 없이 말이 흘러나오네요. 며칠 전에도 동생이 탄식을 했더랬습니다. "우와..! 누나, 진짜 말이 많네. 지금 내가 퇴근해 들어와서 20분 동안 누나 한순간도 말 안 쉰 거 알고 있나?"" 동생이 저의 제일 친한 친구 중 한 사람이거든요. 그러니까 전 친한 친구 앞에서만 수다쟁이가 된단 말이에요. 여기 앉아서 쓸데없이 인간관계니 뭐니 주절거리는 것도 당신이 저의 친한 친구이기 때문이라는 고백입니다, 결국은요.

음, 말을 많이 했더니 목이 좀 마르네요. 전 녹차 프라푸치노를 한잔할게요. 당신은 뭘 드실래요?

아직 할 이야기가 엄청 많이 남았거든요.

이정연의 귀여운 하루

브런치 스토리에는 좋은 친구들이 많다. 글을 좋아하고 또 글을 쓰는 사람들이다 보니, 통하는 것도 있고 만나서 이야기를 나누어보면 결이 비슷하다는 것을 느낀다. 오늘은 2년이 넘는 시간 동안 서로의 공간을 오가며 글을 읽고, 서로에 대해, 또 서로의 글에 대해 호감을 갖고 있었던 한 친구를 만났다. 댓글이 오가는 동안, 우리는 펩시와 아인슈페너를 좋아하는 취향이 통한다는 사실을 알게 되었다. 언젠가 마주 앉아 펩시와 아인슈페너를 마시자는 약속이 오갔다.

그리고 몇 년간 오가던 이야기를 드디어 지키게 되었다. 친구는 해사한 얼굴에, 그동안 글로 만나던 그대로의 사람이었다. 서로 살아온 모습은 다르지만, 경험과 그 경험에서 느낀 감정의 맥락이 나와 비슷한 사람이었다. 우리는 주어진 시간 동안 알차게 대화를 나누고, 서로를 위해 가지고 온 책 선물을 주고받고 환한 미소로 어느 사거리에서 헤어졌다. 다음 만남을 기

서른 살이 되지 못할 줄 알았습니다

약하며. 물론 펩시와 아인슈페너는 잊지 않고 마셨다!

기분 좋은 만남 뒤에 전철을 탔다. 아직 퇴근 시간이 되기 전의 왕십리에서 나는 품을 들이지 않고 전철 한 자리를 차지하고 앉았다. 경의선에서 이렇게 앉아 가기란 쉽지 않은 일이다. 경의선은 배차 간격이 길고 승객이 많은 데다가 파주 신도시의 역까지 가야만 사람들이 내리기 때문에, 처음 탈 때 제대로 자리를 잡지 못하면 한 시간 넘게 서서 가야 한다. 오늘은 참 운이 좋은 날이구나 싶어 싱긋 웃음이 났다. 앉아서 아주 짤막한 글도 쓰고, 이런저런 생각을 하다 보니 우리 동네 전철역에까지 도달했다. 오늘은 한 시간이 넘는 거리를 몸으로는 전혀 느끼지 못했다.

나의 시골 동네에는 어르신들이 많이 사신다. 그런데 플랫폼에서 역사로 올라가는 엘리베이터는 고작 한 대. 엘리베이터를 타려면, 멀쩡해 보이는 나는 어르신들 네댓 팀이 올라간 뒤에야 탈 수 있다. 사실 꼭 그래야 하는 것은 아니지만, 가끔 새파랗게 젊은것이 비집고 탄다고 욕을 먹는 일이 있기도 하거니와 양심상 늘 어르신들의 뒤에 탄다. 오늘은 그냥 계단으로 오르려 하다가, 어차피 집에 가면 바로 집안일을 해야 하는 신데렐라의 몸인데 아껴주어야지 싶어서 계단 앞에서 다시 발걸음을 돌려 엘리베이터 쪽으로 향했다.

복고풍 유행을 따르는 나는 요즘 유선 이어폰을 쓰고 있는데, 엘리베이터에 가까워졌을 때 앞에 계시던 할머니의 입 모양이 나를 향해 뻐끔뻐끔 거린다. 나에게 뭔가 물으려 하시는가 싶어 이어폰을 쏙쏙 빼고 고개와 귀를 할머니께로 기울였다. 쫑긋.

사실 내가 이 구역의 NPC다. 근처에 임진각이 있어서인지, 서울에서 전철을 타고 여기까지 오시는 어르신들이 많으셔서 자주 그분들의 길 안내를 맡는다. 인상이 나쁘지 않기 때문일까. 나에게 말을 거는 어르신들이 많다. 나는 전철 시간도 알려드리고, 버스편도 알려드리고, 그마저도 여의치 않을 때는 택

서른 살이 되지 못할 줄 알았습니다

시비 ***이면 10분 만에 임진각에 도달할 수 있다고 알려드리기도 한다.

각설하고, 나에게 말을 건 할머니 뒤로 또 다른 할머니가 계셨는데 역시나 일행이셨다. "아이고, 우리가 일산까지 가야 하는데 도통 모르겠네. 언니도 서울 쪽으로 나가?" "아니요. 저는 여기가 집이라 방금 내린 참이에요." 바로 옆 스크린도어 쪽에 전철 노선도가 붙어 있어서 손으로 짚어가며 알려드렸다. "여기가 지금 우리가 있는 곳이고요, 서울 방향으로 아무거나 타시면 무조건 일산역에는 설 거예요. 요만큼만 가시면 되니까, 한 30분이면 일산에 도착하겠네요."

"우린 여기 팥죽 사러 왔어~" 하며 뒤에 계시던 할머니가 가방 속에 고이 넣어둔 팥죽 포장 그릇을 꺼내어 보여주셨다. "여기 팥죽 먹어봤어? 엄청 맛있고 양도 많아~ 예전에는 방배동까지 팥죽 먹으러 다녔었는데, 이 동네에 비할 바가 아니야. 그래서 이제는 여기로만 다녀~" "앗! 저 전철역에서 그 포장 그릇

들고 서울로 나가시는 어른들 많이 뵈었는데, 대체 다들 뭘 그렇게 싸가지고 가시나 궁금했었어요. 오늘 드디어 알았네요~ 일산 사는 친구도 얼마 전에 팥죽 먹으러 이 동네 왔다고 하더니만, 이 팥죽인가 보네요." "그래그래. 시내 나가서 누구한테든 팥죽집이 어디예요? 하고 물어보면 알 거야. 꼭 먹어봐~ 가게에 가면 새알심이 몇천 개 쭉 늘어져 있어. 장날에는 한 시간 넘게 기다려야 해. 인심이 좋아. 이게 팔천 원어치야."

꼭 가보겠다고 말씀드리며 나는 싱긋 웃었다. 전철 시간을 확인해 보니 몇 분 안에 서울로 향해 나가는 열차가 있다. 이 정도 시간이면 열차가 대기상태로 사람들을 태우고 있어야 하는데 왜 열차가 보이지 않을까? 이곳은 역이 꽤나 커서 플랫폼이 두 곳이다. 연결되어 있지 않다. 할머니와 내가 선 이곳은 차고지로 들어가는 열차들만 서는 3, 4번 플랫폼이구나! 싶어 건너편을 보니 서울행 열차가 서 있다.

"저하고 같이 올라가세요. 저 건너편에 지금 서울 가는 열

서른 살이 되지 못할 줄 알았습니다

차가 서 있어요. 저기 저 엘리베이터 보이시죠? 저거 타고 내려가셔서 열차 타세요. 48분 출발이니까 아직 여유 있어서 타실 수 있을 거예요." "언니 아니었으면 어쩔 뻔했어~ 너무 고마와요."

두 분이 엘리베이터를 타고 1, 2번 플랫폼으로 잘 내려가시는지를 확인하고 나는 개찰구를 빠져나왔다. 할머니들이 날더러 언니라 부르시는 것도, 팥죽 얘기를 재잘재잘하시는 것도, 꼭 싸고 양 많고 맛있는 팥죽을 먹어보라 당부하시는 것도 너무 기분 좋은 일이어서 집에 올 때까지 한참을 미소 지었다.

일산에서 방배동으로 팥죽 드시러 다니시다가, 이제는 여기 경의선 끝까지 팥죽을 드시러 다니시는 두 할머님을 보니 엄마 생각이 났다. 엄마도 저렇게 건강하게 친구분하고 맛있는 거 찾아다니는 노년을 보낸다면 얼마나 좋을까?

집에 도착해 엘리베이터를 기다리는데, 나보다 키는 크지만,

앳된 얼굴의 학생이 두 손을 배꼽에 모으고 인사를 한다. "안녕하세요." 오가며 얼굴을 마주한 적이 없는 학생인데, 무조건 어른을 보면 인사를 하는가 보다. 너무 귀여워서 학생에게 나도 인사를 했다. 함께 엘리베이터를 타고 오르다가, 내가 먼저 내리면서 "잘 가요~"하고 고개를 까딱하며 인사를 했다.

이렇게 기분 좋은 사람들만 만나고, 작고 귀여운 일들만 일어나는 하루란 쉽지 않다. 우리들에게 매일이 귀여운 하루라면 얼마나 좋을까!

당신들의 표정

마스크를 쓰기 시작한 이후로는 사람들의 표정을 살필 일이 없다. 10년 하고도 10개월의 투병 생활 중이기에 나의 인간관계는 좁디좁다. 어쩌면 그래서 더욱 사람들의 표정을 살피는 일이 중요 했는지도 모르지. 마스크를 쓰기 이전의 세상에서 나는 늘 사람들의 표정을 열심히 살폈다. 그들의 표정 하나는 나에게 다음 만남을 의미했고, 또 다른 표정 하나는 영원한 이별을 의미하기도 했기에 내게 표정을 살피는 일은 항상 중요했다.

나는 본디 섬세한 사람이다. 사실 예민하다고 표현하고 싶은데, 예민함은 부정적으로 쓰이거나 받아들여지는 경우가 많아서, 나는 섬세하다는 표현을 의식적으로 자주 쓰려 노력하고 있다. 나마저 나에게 예민하다고 하면 꼭 핍박하는 기분이 들어서 말이지. 어쨌든 본디 섬세한 나는 타인에게 피해를 끼치는 것도 싫어하고 내가 피해를 받는 것도 싫어하기 때문에 늘 타인의 표정을 살피는 자세가 되어있다. 병원에서든 회사에서든 타인의 표정을 살피며, 저자세가 되기도 하고 상대방을 웃기기 위해 노력하기도 한다. 참 피곤한 삶이다. 마스크를 쓰고 나서는 그런 일들이 많이 줄었지만, 나는 여전히 누군가의 표정을 살피고 눈치를 본다.

여름이 한풀 꺾여서 이제 가을이 시작될 무렵, 한낮은 너무도 덥고 저녁은 쌀쌀했던 그 계절의 어느 오후 다섯 시 십 분에 그를 처음 만났다. 첫 데이트 약속을 잡고 고민이 많았었다. 250km나 운전해서 온 탓에 너무 피로해진 그의 눈에 내가 못생겨 보이지나 않을는지. 마주 앉아서도, 서로 그렇게 대화가 잘 통할 것인지.

그는 뜨거운 공기를 뚫고, 내가 기다리고 있는 전철역 에스컬레이터를 타고 뛰어 올라왔다. 마스크 너머 그의 표정을 살피고 싶었다. 웃는 눈만이 보였다. 차에 오르자마자 그가 마스크를 내리기에, 나도 어색하게 마스크를 내렸다. 그가 조수석에 앉은 내 볼을 스윽 만지며 씩 웃었다. "넌 무조건 마스크 벗고 다녀야겠다." 아이고, 예쁘다는 말을 하는 방법도 가지가지구만. 속으로 헛생각을 하며 그를 따라 웃었다.

이때까지는 분위기가 좋았다. 그의 차는 퇴근길이 가까워져 조금씩 복잡해지는 도로를 뚫고 외곽으로 달린다. 우리는 유명한 관광지 부근의 한식당으로 들어섰다. 나는 사실 게걸스럽게 먹는 편이라 오늘만은 긴장을 한 채로 조심스럽게 먹고 있었는데, 아뿔싸 그의 표정이 좋지 않다. 밝은 식당에 마주 앉았더니... 드디어 못생긴 게 들통이 났나? 아까 내가 불고기를 너무 욱여넣었나? 반 공기도 먹지 않았는데 자꾸 마음이 복잡하다. 그래도 일단은 먹자. 차일 때 차이더라도 이 밥은 다 먹는 거야!

그는 일찍이 밥 한 공기를 비우고 굳은 표정으로 나를 보고 있었다. 첫 데이트에 버젓이 마지막 한 숟갈까지 싹싹 다 긁어 먹은 이 의지의 여성에게 그는 드디어 입을 열었다. "다 먹었어요? 나 잠깐 화장실 좀." 아까의 표정이 너무나도 마음에 걸렸던 나는 오늘이 마지막 데이트려나 마음을 졸이며 그를 기다렸다. 그러나 내 예상과 달리 그는 나의 도시에 머무르며, 다음날도 나를 만나러 왔다. 그리고 1,200일이 넘는 시간 동안, 우리는 여전히 만나고 있다.

첫 데이트로부터 시간이 꽤 지나서야 그의 표정이 왜 그랬었는지에 대해 들을 수 있었다. 그의 내장 기관 중 평소 예민한 곳이 있었고, 나를 만나러 오기 위해 전날부터 속을 비워뒀음에도 식사를 하니 급작스레 신호가 와서 식은땀이 났었단다. 그때의 나도 긴장했던 터라, 먼저 식사를 마치고 굳은 표정으로 -사실은 초조한 표정이었을- 나를 바라보던 그에게 엄청 졸아있었다. 그리고 그 표정을, 꽤 오랫동안 가슴에 오해로 담아두었고 말이지.

진진은 이제 20년이 넘은 나의 친구다. 수화기 너머를 통해서도 표정이 보이는 사람이다. 나는 진진의 모든 표정을 사랑한다.

서른 살이 되지 못할 줄 알았습니다

진진은 나의 10대부터 30대까지의 모든 시간을 가장 가까이에서 가장 깊이 있게 모두 지켜본 사람이기에, 나의 빛나는 모습도 나의 추한 민낯도 모두 보았다. 내가 가장 행복했던 때에도, 내가 가장 불행했던 때에도 늘 진진은 나의 곁에 있었다. 하루는 나의 철없는 미친 소리를 듣더니, 진진이 불같이 화를 내고 울었다.

나는 열등감이 무척이나 심하고, 남과 비교를 잘한다. 그리고 타인과 비교해 가며 스스로를 얼마나 깎아내리는지 진진은 너무도 잘 알고 있다. 늘 그런 나를 무척 안타까워한다. 남과 비교하지 않아도, 내가 얼마나 멋진 사람인지를 진진은 수년째 이야기하고 있다. 그러나 나는 늘 알아듣는 듯하면서, 들어처먹지를 않는다.

그날도 나는 남과 비교하며 멍청한 소리를 해댔고, 수화기 너머로 생전 처음 보았던 진진의 표정은... 눈물범벅이 되어 벌겋게 달아오른 그 표정은 내 가슴을 갈기갈기 찢어놓았다. "제발

단 한 번뿐인 네 인생을 그렇게 갉아먹고, 저 바닥으로 처박지 마라!!" 심장은 저 바닥 아래의 어딘가까지 떨어졌다. 진진의 그 표정이 나를 뒤흔들었다. 잘못된 나를 뿌리째 흔들었다. 그날 나도 진진과 함께 울었다. 그리고 그날 진진은 나에게 고백했다. "나는 정연이 너를 영원히 사랑해. 무슨 일이 있어도 그거는 변하지 않아."

누군가에게 "영원히"라는 고백을 들어본 것도 처음이지만 영원이라는 단어가 그토록 진실되게 들리기도 처음이었다. 진진은 내 브런치를 가장 먼저 구독해 준 실제 친구이며, 한때는 내 글을 가장 먼저 읽어주는 구독자이기도 했다. 지금은 진진이 본인의 사업을 키워가는 중요한 시기라 가장 먼저 글을 읽지는 못하지만, 진진은 내 글을 위해서라면, 자신을 포함한 자신 주변의 모든 사람들을 팔아도 된다고 할 만큼 나를 인정해 주고 응원해 주는 친구다. 진진은 나의 우주에서 내게 가장 다정한 사람이고, 가장 무서운 사람이며, 나의 철학책이고, 나의 법전이다. 그리고 영원히 나를 사랑할 가족 같은 친구다.

서른 살이 되지 못할 줄 알았습니다

오늘도 진진은 나와 통화를 하며, 한 번 울음을 참았다. 열변을 토하는 표정, 쾌활하게 웃는 표정들 끝에 한 번은 입술을 꼭 깨물고 울음을 참는 그 표정을 보았다. 하지만 걱정 마시라. 오늘은 진진 속 뒤집는 소리 해서 울린 것 아니니까. 진진의 그 수많은 표정이, 오늘의 낭떠러지에서 나를 또 건졌다.

엄마는 요즘 부쩍 우울해한다. 그래서 나는 글을 쓰더라도, 거실에서 쓰려고 노력하고 잘 보지 않던 티브이도 엄마 곁에서 함께 보려고 한다. 그러면서 늘 엄마의 표정을 살핀다. 물론 이렇게 말하면 굉장히 다정한 딸 같지만, 나는 엄마에게 윽박을 잘 지르는 못 돼 처먹은 딸이다. '딱 너 같은 딸 낳아봐라, 그땐 내 심정을 알 거다.'라는 말이 엄마 입에서 참 많이도 나왔었는데, 오늘 진진과 얘기하다가 진진도 그런 소리를 많이 들어봤었다기에 "엄마들의 입버릇인 거니, 우리가 못돼 처먹은 거니. 넌 혹시 바다(진진 아들)에게 그런 말 할 계획이 있니?""라고 했더니, 진진에게는 그런 계획이 없단다. 그런 말 하기엔 바다가 너무 착하다나? 결국 우리는 똑같은 딸들이어서 절친으로 만났나 보다 하며 웃었다.

그러고 보니, 내가 실없는 농담을 해도 엄마는 참 많이 웃었는데... 언제부턴가 나는 나만의 세계에 갇혀 엄마의 표정을 돌아보지 않았다. 나는 늘 내가 제일 아팠고, 내가 제일 억울했다. 내가 누리지 못한 평범한 10대와 20대를 앗아간 책임을 엄마에게 따져 물어 가며 어른이 되었다. 엄마는 늘 내 세계의 문을 두드리고, 나와 어떤 말이라도 하기 위해 자꾸만 무언가를 묻고 무언가를 부탁했다. 나는 늘 성의 없이 대꾸하고 성의 없이 일 처리를 했다. 짜증을 내고 화를 냈다. 엄마의 편이었던 적이 없다.

몸이 너무 아파서 죽고 싶었던 때, 그렇게도 집에 혼자 있는 시간이 싫었다. 밖에 나가는 것은 무서웠다. 그래서 뜬눈으로 밤을 새웠고, 가족들이 모두 출근하고 없는 동안에는 계속해서 잠으로 도망쳤다. 단지 혼자 있는 것이 너무도 두려웠기 때문에. 며칠 전, 당직 근무를 하고 엄마가 돌아오지 않았다. 내가 병원에 있어서 집이 비어있다며, 빈집에 혼자 있고 싶지 않

서른 살이 되지 못할 줄 알았습니다

기에 볼일을 보고 내가 귀가한 후에 시간맞춰 들어오겠다고 연락이 왔다. 그 말이 너무도 슬펐다. 죽고 싶었던 때의 나 같아서... 그 순간 아차 했다. 여자 은희, 사람 은희로는 살지 못하고 오로지 엄마 은희로만 살아왔던 엄마의 30년 넘는 그 세월이, 고작 11년 아픈 동안에 몇 번이고 삶을 포기하려 하고 끊임없이 소리 지르고 화를 낸 나의 세월과는 너무도 달라서. 엄마에게 죄스러워서 나는 오늘도 엄마의 표정을 살핀다. 그러나 여전히 내 말소리의 반은 화가 담기었고, 반은 다정했을 테다. 더러운 성질머리.

고백하건대, 나는 표정이 뚱하다. 이 뚱한 표정으로 학창 시절 내내 핵인싸의 지위를 유지하기가 무척이나 힘들었다. 가만히 있으면 정말로 화나고 뚱해 보여서, 무슨 일 있냐는 질문을 자주 받았었기에 늘 의식적으로 표정을 꾸며내야만 오해를 받지 않을 수 있었다. 물론 지금은 핵아싸의 삶을 살아가고 있고, 이 삶은 무척이나 편안하지만 원활한 사회생활을 위해 오늘도 나는 밖에서 표정을 꾸며낸다. 그리고 누군가 밖에서 길을 묻거나 하면 목적지까지 데려다 줄 기세로 친절하다.

그런 내가 소중한 당신들의 표정은 돌아보았던가. 내가 사랑하는 당신에게, 나는 의식적으로라도 다정한 표정을 꾸며내었던가. 그러지 못했음에도 당신은 늘 뚱한 표정의 내가 조금이라도 더 건강해지기를 바랐고, 행복해지기를 바라며 나를 떠나지 않았다. 내가 지옥에 있을 때도 담담한 표정으로 나의 지옥으로 걸어 들어와 기꺼이 나를 끌어안았다. 그리고 당신의 온화한 표정으로 나를 안심시키고, 온갖 표정으로 나를 살게 했다.

이번에는 내가 당신들을 살릴 차례다. 인생의 커다란 전환점에 서 있는 당신에게, 커다란 변곡점에 서 있는 당신에게, 그리고 길고 긴 삶의 후반전을 꿈꾸는 당신에게. 내게 말로는 하지 않지만 분명 불안하고 두려워 마음 졸이고 있을 당신에게, 이번에는 내가 당신의 곁에 서 있으니 안심하라고, 나는 늘 당신의 편이라고. 당신이 바라는 일들은 반드시 이뤄지리라며 확신에 찬 사랑스러운 표정을 지어 보여줄 차례다.

서른 살이 되지 못할 줄 알았습니다

어떻게 너를 사랑하지 않을 수가 있겠어

사촌동생 준이는 지나치게 용감했다. 그 애는 온갖 위험한 행동은 다 하는 어린이였는데, 그중 나에게 가장 충격을 준 것은 동네에서 가장 사나운 개의 꼬리를 잡고 빙빙 돌린 일이었다. 준이는 사나운 개를 만날 때마다 괴롭혔다. 얼마나 수많은 날을 개의 꼬리를 잡고 빙빙 돌리며 괴롭혔던가!

결국 사나운 개는 준이의 지속적인 도발을 참지 못하고 그 애를 깨물었다. 누구든 예상할 수 있는 결과였다. 오히려 사납다고 성병이 나 있는 개치고는 아주 오래 참아준 셈이지. 준이는 개에게 물려서 그 길로 업혀서 병원에 실려 갔다. 그 별난 준이가 울었다던가, 어쨌다던가. 어쨌든 준이 사건이 터졌을 때 나는 초등학생 어린이였고, 안 그래도 겁이 많은 터라 이후로 개만 보면 자연히 물리는 상상이 펼쳐졌다. 준이의 살신성인 덕분이었다.

그 시절 내가 만난 개들은 모두 어딘가의 마당에 묶여 있었다. 어느 회사의 마당이거나 어느 유료 주차장의 입구이거나. 주인의 사유재산을 지켜야 한다는 사명을 가슴에 품고 있는 그 개님들은 누군가 지나만 가도 사납게 짖곤 했다.

어린 시절 내가 살던 동네에는 가장 부잣집이라고 소문난 집이 두 군데 있었는데 하나는 세련된 현대식 양옥 주택, 하나는 마당이 말도 못 하게 넓은 일본식 가옥이었다. 우리 집으로 가려면 대로변에서 들어가는 기다란 골목 쪽 입구와 일방통행 길에서 들어가는 입구의 두 가지 길이 있었는데 두 집은 각각 그 골목들의 초입에 있었다. 아무리 그 집들 대문에서 멀찌감치 떨어져서 걸어도, 그 부잣집 마당에 묶여있는 개들은 사납게 짖어댔다. 무서운 한 편, 어지간히도 지킬 것이 많은가 보다. 역시 부잣집은 부잣집인 듯. 어린 나는 속으로 그들의 부를 인정하며 조금 웃기도 했다.

그런 영향인지, 개는 마당에 묶어 키우는 것이 당연한 줄로 알았다. 부모님도 옛날 분이어서 개는 너른 마당이 있는 곳에서 묶어 키우고, 때로는 목줄을 풀어서 마당에서 마음껏 뛰놀게 해야 한다고 생각하셨다. 그래서 마당이 없던 우리는 개를 키우지 않았다. 물론 나는 개가 무서웠다.

큰집은 진돗개를 마당에서 길렀는데, 늘 친척들이 모이는 날이면 반갑다고 껑충껑충 뛰며 꼬리를 흔들어대는 그 다리가 늘씬하고 키가 큰 진돗개가 나는 무서웠다. 그래서 큰집에 들어갈 때면, 큰아버지한테 "큰아빠~ 진돌이(진돗개다운 이름. 작명 센스가 없는 것은 집안 내력인 듯하다.) 안 풀리게 잡아주세요. 큰아빠가 진돌이 막고 서 있어 주세요."하고 큰아버지 뒤에 그림자처럼 딱 붙어서 현관으로 후다닥 뛰어서 들어가곤 했다.

어른이 되면서 느꼈다. 강아지들이 나에게 호감을 가진다는 것을. 그러다 어느 잡지의 꼭지에서 읽은 것이, 강아지들은 덩치가 작은 사람에게 호감을 가진다는 것. 키가 크고 덩치가 큰 사람은 두려운 대상이고, 덩치가 작은 사람은 친구로 인식

해서 호감을 가진다 했는데 마침 그때 가깝게 지내던 옆집 강아지인 포메라니안 몽실이는 정말로 키 크고 덩치가 큰 동생은 살짝 두려워하고, 나만 보면 그렇게 꼬리를 흔들고 손을 핥아댔다. 몽실이와의 관계가 내게 있어 유일한 강아지와의 접촉이었다.

내 생애 그 이상으로 강아지와 끈끈하게 엮일 일이 있으리라고는 생각하지 않았다. 그런데 운명처럼 만난 그에게 자식처럼 생각하는 강아지 가족이 있다는 걸 안 순간, 알 수 없는 운명의 소용돌이 속으로 빠져드는 듯한 그 어지러운 느낌을 누구에게 설명할 수 있었을까?

자라면서 강아지에 대한 두려움은 어느 정도 극복했지만, 나는 여전히 강아지라는 존재가 낯설었다. 그런데 그의 강아지 가족은 자꾸만 나와 그의 통화에 끼어들곤 했다. 나의 소중한 그는 본디 좀 무뚝뚝한 사람인데 통화 중에 강아지 아가 '설이'(편의상의 가명)가 방문을 열고 나타나기만 하면 목소리가 대번에

변했다. 사실 연애 초기에는 그 아이를 조금 질투하기도 했다. 나는 골질을 내야만 이끌어낼 수 있는 저 우쭈쭈 하는 목소리를, 저 아이는 늘 끌어낼 수 있구나. 게다가 그의 인생에 최고 우선순위가 설이라고 하니 늘 절망할 수밖에 없었다. "설이는 내 자식 같은 존재잖아. 그러니까 0순위지. 당신은 다른 의미로 엄청 소중하니까, 속상해하거나 서운해 하지 마~"

처음에는 이해할 수 없었던 그의 자식(?) 사랑이 점점 이해가 되기 시작했다. 처음에는 그가 사랑하는 가족이니까 나도 좋아해 보자, 마음을 먹고 많이 노력했는데 그런 노력을 1년쯤 하다 보니 나는 어느새 진심으로 설이를 사랑하고 있었다.

나는 달이 바뀌면 늘 설이가 가장 좋아하는 간식을 사서 보냈고, 처음에는 설이를 좋아하기 위한 노력의 일환이었던 그 일이 나중에는 가장 즐겁고 행복한 일이 되었다. 그리고 나도 모르게 강아지들에 대해 찾아보고 공부하게 되었고, 이미 내 핸드폰 갤러리에는 설이 폴더가 따로 마련되어 매일 설이 사진이

나 영상을 찾아보는 지경에 이르게 되었다.(지금도 핸드폰 홈화면, 잠금화면, 화면보호기가 온통 설이 사진이다.)

그러던 어느 봄, 드디어 설이와 나는 첫 대면을 하게 되었다. 우리는 정말 우습게도 둘 다 낯을 가리는 타입이었다. 게다가 처음 만나는 낯선 인간이 귀엽다고 마구 만지고 그러는 것은 강아지 친구에게 예의가 아니라는 지식을 또 어디서 습득하여서 설이를 함부로 건들지 않았고, 설이도 본인이 가장 좋아하는 조수석에 앉아있는 작은 정연이를 낯설어하는 것이 느껴졌다. 그런데도 썩 싫지는 않은 눈치여서, 설이가 좋아하는 간식을 컵에 담아서 내밀었더니 열심히 먹어주었다. 그리고는 자꾸 왔다 갔다 하며 나를 힐끔거리는 한편, 형의 품으로만 파고들었다. 그래도 내가 사진을 찍어도 말없이 있어주었고, 턱을 잡고 잘생긴 옆모습을 찍어도 얌전히 있어주었다. 그러다가 한 번은 내게 손을 내밀어 잡아주었다. 나는 설이가 내게 먼저 손을 내밀었다고 지금까지 주장하는데, 그는 너만의 착각이라며 항상 웃는다.

설이는 나와 만났을 때 이미 나이가 꽤 많았고, 심장병이 발병한 상태였다. 건강하지 않았기 때문에 나와 만날 기회는 거의 없었다. 그럼에도 그와의 통화 중에 설이는 자주 나타나 내게 인사를 건네는 것 같았다. 어릴 때부터 가장 좋아하던 간식을 제치고, 내가 보내준 간식을 더 좋아한다는 말에 자꾸만 우리 사이에 끈끈한 무언가를 느꼈고, 그가 실시간으로 보여준 영상 속에서 설이는 한 치의 망설임 없이 언제나 내가 보내준 간식을 선택하곤 했다.

설이는 자꾸만 나의 우주에서 가장 특별하고 사랑스러운 유일한 강아지가 되었다. 그러면서 알았다. 나에게 첫사랑이 찾아왔다는 것을. 어느새 나도 설이를 무척 아끼고 사랑하게 되었다. 그러나 늦게 만난 첫사랑 설이의 건강 악화로 우리 모두에게 큰 위기가 찾아왔다. 나는 친구를 만나러 간 부산에서, 설이가 태어났다는 부전동을 지날 때 설이를 생각했다. 설이가 건강해져서, 꼭 건강해져서 설이와 함께 이곳으로 여행 올 수 있기를 빌었다.

설이는 많이 아픈 중에도 기운을 차려, 한 번은 영상통화로 자신의 모습을 내게 보여주었다. 나는 못생긴 얼굴을 하고서 설이에게 손을 흔들었다. 터질 것 같은 눈물을 참고서 미소를 지으며 바보 같이 손을 흔들었다. 설이는 기운이 없었지만, 꼭 '누나 못생겼어'하고 웃는 것 같은 표정을 지었다.

그리고 가을이 되었다. 설이는 계속 위태위태했다. 어느 밤, 내 꿈에 설이가 나타났다. 나에게 "누나, 고마워."라고 말을 건네는 설이가 기운이 없고 추워 보여서 담요로 싸주었다. 그리고 설이를 업었다. 설이는 처음 만났을 때 10kg이 넘는 체중의 작지 않은 아이였다. 내 등에 업히기에 딱 알맞은 몸집이었다. 나는 꿈에 설이를 업고서, "우리, 형아한테 갈까?"하고 한참을 걸었다. 꿈에 내게 업힌 설이는 깃털처럼 가벼웠다. 나는 꿈에 설이가 온 것이 심상치 않다고 느꼈다. 설이가 이제 나와 더 가까워질지도 모른다고 생각하기도 했고, 한편으로 불안하기도 했는데 그 불안은 절대적으로 외면하고 싶었다.

서른 살이 되지 못할 줄 알았습니다

설이가 꿈에 온 지 사흘이 지난 2022년 10월 16일 일요일, 설이 형아에게서 문자가 도착했다. '그동안 설이를 사랑해 주셔서 감사합니다. 오전 11시 설이가 무지개다리를 건넜습니다.' 회사에 있던 시간이었다. 뜨거운 눈물이 흘렀다. 마스크를 끼고 있어서, 마음껏 울 수 있었다. 설이에게 더 많은 걸 해주지 못한 생각에 속상한 밤들이 많았다. 그도 울고, 나도 울었다. 참 이상했다. 설이에게 나는 그저 친구일 뿐이었을 텐데, 설이는 그 후로도 자주 내 꿈에 나타났다. 설이가 누나가 잘해준 것, 예뻐해 준 것을 모두 알아서 그렇다고 그는 자주 말해주었다. 그리고 나는 자꾸 설이의 영혼이 내 곁에 머무른다는 느낌을 받았다. 설이가 꿈에 나온 날이면 우리는 설이 이야기를 하며 함께 웃고 울었다. 나의 꿈에 설이가 자꾸 나타나는 것은, 그에게 보내는 설이의 쪽지 같은 거라고 나는 생각했다. 그러나 해가 바뀌면서 설이는 더는 내 꿈에 오지 않았다. 아마 우리가 더는 슬퍼하지 않기를 바라는 마음으로, 오고 싶은 것을 꾹 참고 있으리라. 그리고 건강한 모습으로 다른 세상에서 행복하게 뛰어놀고 있으리라.

나는 설이를 만나고, 진정으로 나와 다른 개체를 사랑하게 되었다. 계산 없이 사랑하는 법을 알게 되었고, 강아지를 아끼는 사람들의 마음을 누구보다 잘 알게 되었다. 설이와 같은 존재를 가족으로 받아들일 마음의 준비도 되었다. 언젠가 설이는 또 다른 모습으로 우리 곁에 찾아올 것이다. 우리는 또 설이를 운명처럼 사랑하게 될 테고, 그때 설이와 나는 더는 친구가 아닌 가족이 될지도 모른다.

서른 살이 되지 못할 줄 알았습니다

사랑은 생선을 먹는거야

내가 사랑하는 두 사람은 생선에서 취향이 극명히 갈린다. 한 사람은 생선을 무척 좋아하고, 다른 한 사람은 생선을 정말로 싫어한다.

생선을 좋아하는 사람은 나의 엄마고, 생선을 싫어하는 사람은 나의 남자 친구다. 오죽하면 사귀기 전에 연락을 주고받을 때였나. 아주 비장하게 내게 한 질문이 "너 생선 좋아하니?"였겠는가. 일단 생선에 대한 호불호를 말한 뒤, 그런 걸 왜 묻고 하니까 만나는 데 있어서 입맛이 너무 다르면 곤란하지 않겠냐고 한다.

안타깝게도 나와 평생을 살아온 엄마는 고기를 좋아하는 인간들과만 살았다. 그나마 전에는 고기뿐 아니라 생선국에 생선찌개까지 좋아하는 아빠가 있었지만, 이제는 집에서 생선은 찾아볼 수가 없다. 엄마는 이제 '한국인의 밥상'에서나 생선을 드실 수 있다. 내가 아주 가끔 생선을 사서 냉동고에 넣어드리거나, 에어프라이어에 구워드리기도 하지만 그야말로 가끔이다. 불효도 이런 불효가 없지 싶다.

나는 특이한 경우인 것이 생선으로 한 요리는 모조리 다 싫어하는데 회는 먹을 줄 알고, 생선 초밥은 무척 좋아한다. "너 생선 좋아하니?"라고 묻던 그에게 딱 저 문장대로 대답했었다. 그리고 덧붙였다. "저는 고기만 주면 다 해결돼요." 그는 가슴을 쓸어내리며 "정말 다행이다,"라고 말했다.

우리는 첫 데이트 때 한정식을 먹는 바람에 어쩔 수 없이 상에 오른 황태구이와 조기구이를 맞닥뜨렸던 이후에는 단 한 번도 생선이 상에 오른 식사를 한 적이 없다. 둘 중 한 사람의 취향이 말살당하는 것보다는, 둘이 식성이 통해서 다행이라고 늘 생각하는 중이다.

친구 중에는 제3세계의 음식을 엄청 좋아하는 사람이 있는데, 이 친구하고 만나면 나는 늘 식사 이후의 티 타임을 엄청 기다리게 된다. 나는 정말로 독특한 향신료가 들어간 음식들이 입에 맞지 않는다는 것을 친구와 세계 여행을 하면서 알게 되었다. 이전에는 내 주변에 그런 음식을 찾는 사람이 없었거든. 그 친구와 만나면 식사 이후에 커피와 빵으로 배를 채우는 수밖에 없다.

물론 좋은 친구여서, 못 먹고 다니는 시대가 아니니까 한 끼 정도는 친구에게 메뉴 선택을 양보하는 것이 나의 의지기는 하지만, 우리는 자주 만나지 못한다. 나의 배고픔 때문이 아니라, 친구가 엄청 바빠서 그런 것이니까 오해는 금물이다.

나는 생선 초밥을 좋아하지만, 굳이 그걸 '그와 먹을 필요는 없다'고 생각했다. 요즘 같은 시대에 생선 초밥을 먹고 싶으면 언제고 배달을 시켜서 먹어도 되고, 그게 아니라도 친구나 가족 중 누군가는 함께 먹어주지 않겠냐는 거지. 그래서 그가 생선을 싫어하는데, 더군다나 숙성 회에 대한 안 좋은 기억까지 있는데 생선 초밥을 먹자고 할 생각은 없었다. 그런데 얼마 전 데이트 식사 메뉴를 정하는데, 그날따라 생선 초밥을 너무 먹고 싶었다. 내 마음대로 소바와 연어 초밥, 소고기 초밥을 주문했다. 그와 나는 공통적으로 소바를 무척 좋아한다. 그래서 소바에 연어 초밥, 그를 위한 소고기 초밥을 주문한 것이다. 각자 식사를 하던 중 "연어 초밥 하나만 드셔 보실래요?" 하는 내 말에 그는 일말의 망설임도 없이 연어 초밥을 입 안에 넣고 우물거렸다. "내 스타일은 아닌 거 같아." 하면서도 연어 초밥만 두 덩이가 남았을 때 배부른 내가 하나씩 먹자고 하자, 또 아무렇지 않은 척 하나를 먹어주었다.

나는 내가 싫어하는 일은 웬만해서는 절대 하지 않는다. 성질이 좋지 못한 탓이고, 취향이 분명한 탓이다. 투석으로 매 끼니를 소중히 여기는 탓에, 맛없는 걸로 끼니를 낭비하고 싶지 않다는 신념이 있어서 맛없는 것이나 싫어하는 건 절대 입에 대지 않는다. 그런데 20대 때 친구들과의 식사 자리에서 숙성 회를 잘못 먹고 체했던 이후 생선회는 쳐다도 보지 않은 그가 연어 초밥을 먹어주다니! 사랑한다는 말보다 더 위대한 사랑의 말이었다.(오글거리는 걸 싫어하는 그가 이 글을 읽으면 또 질색팔색을 하겠지.)

엄마가 극도로 기운이 없을 때, 가끔 나는 회를 사 드린다. 바닷가 출신답게 생선 요리들을 참 좋아하신다. 얼마 전에는 엄마가 고기를 드시고 싶다고 하기에, 생굴 보쌈을 사드렸다. 그랬더니 정말로 내가 생굴 두 점 먹을 동안 혼자 굴 접시를 싸악 비우셨다. 자식 먹는 것만 보아도 배가 부른 엄마의 마음이 되어 기분이 무척 좋았다,

요즘 엄마는 우울하다. 아주 저급한 사내 정치에 휘말렸다. 평생을 바깥 이야기, 특히 나쁜 일은 집으로 가져오지 않던 엄마가 많이 힘들고 속상했던지 꽤 많은 속이야기를 털어놓았다. 가끔은 눈빛이 공허하고, 표정이 굳어 있을 때가 많더니 다 이유가 있었다. 그래서 요즘 통 밥맛도 없다는 엄마를 위해, 나는 자주 톡을 보낸다. '엄마 뭐 드시고 싶은 거 없으세요? 나는 지

금 엄마가 원하면 같이 생선조림이라도 먹을 판이니까, 뭐든 드시고픈 걸 말씀 하세요. 사드릴 테니!'

정말 다행이다. 엄마가 아직까지는 생선 메뉴를 고른 적은 없지만, 정말로 엄마가 원하기만 한다면 나는 어떤 생선요리라도 먹을 각오였다. 사랑은 생선을 먹는 거야. 그러니까 조만간 나는 엄마를 위해 생선구이나 조림을 먹어야 할지도 모르겠다.

서른 살이 되지 못할 줄 알았습니다

'신 포도'를 향해 핸들을 꺾어라

그런 말이 있다. 20살에 면허를 따지 못한 사람은 계속해서 면허를 따지 못한다. 그 말이 정말 맞다. 그 문장이 여기에 살아 있거든. 스무 살에 형편이 되지 않아서, 그리고 겁이 무척 많아서 면허를 따지 못했다. 범퍼카도 무서워하고, 차를 모는 게임도 무서워한다. 심지어 카트라이더 게임 방에서 강제 퇴장도 매우 많이 당했다. 강퇴 전에 더럽게 못 한다고 욕도 꼭 먹었다. 지금은 미국으로 이민을 간 친구 보경이와 마지막으로 일산에서 데이트할 때, 레이싱 게임방에 갔었다. 실제 핸들이 달린 좌석에 앉아, 나는 몇 번이고 충돌하고 전복되었다. 핸들도 여러 번 놓쳤다. 면허를 따더라도, 뉴스에 나올 가능성이 크다 싶었다. 보경이는 나의 운전 실력을 보면서 눈물을 흘렸다.

재미있게도 이래저래 하지 못하고 살아가는 일들이 많다. 나는 스무 살 이후 수도권에 터를 잡고 살고 있고, 친한 친구들은 거의 지방에 산다. 가끔 친구들을 방문하러 지방에 가곤 했지만, 그건 말 그대로 방문이었다. 그 애들의 얼굴을 보러 가는 목적의 방문. 그래서 딱히 여행을 해본 적이 없다. 내가 생각하는 여행이란, 어떤 목적이 없이 돌아다니며 구경하는 것을 전제로 하는 것이다.

흔히들 말하는 1박 2일 여행, 2박 3일 여행 같은 것을 할 여유가 없는 삶을 살았다. 그런 여행은 내게는 '여우의 신 포도' 같은 존재였고, 여행의 맛을 모르니까 딱히 그에 대한 갈증이 없는 채로 잘 살아왔다고 생각했다. 늘 빼곡하게 짜인 일상, 여유를 낼 수 없는 상황들 속에 누군가 여행을 가자고 이끌어 주는 이도 없었다. 그렇게 여행은 자연스럽게 '이정연의 신 포도'가 되어버렸다. 여행은 변수가 너무 많다. 치러야 하는 기회비용도 많다. 일부러 시간을 내야하고, 대중교통으로 할 수 있는 여행에는 한계가 있다. 집처럼 안락한 곳은 없다. 굳이 어딘가로 떠나지 않아도 나의 일상은 충분히 즐겁다. 몇 가지 문장을 나열하고 나니, 여행하지 않는 인생의 합리화가 제대로 되었다.

그러나 철저한 인도어(INDOOR)파 인간인 나의 첫 연애가 시작된 후, 소중한 사람은 몇 번이고 여행에 관해 이야기했다. 그에게서 사진을 배웠기에 언젠가 함께 카메라를 들고 여행하자는 이야기가 오가긴 했다. 서로의 바쁜 일상에 쉽게 떠날 수 없었던 3년. 사실 여행에는 대단한 결심이 필요하리라 생각했는데 2023년 봄, 그가 단호히 여행을 떠나자고 말했다. 하반기부터는 정신없이 바빠질 예정이었기에, 여행을 통해 특별한 추억을 좀 쌓아두어야 한다고 했다. 막상 일정이 잡히고 나니 갑자기 엄청나게 기대되어, 여행 날을 손꼽아 기다리게 되었다.

250km 거리의 장거리 연애인데다, 그의 동네가 남쪽이기에 여행지인 경주까지 가는 합리적인 방법은 내가 서울에서 고속열차를 타고 그의 동네에 내려 그의 차로 갈아타고 목적지까지 가는 것이었다. 늦봄의 더위를 뚫고 그의 동네가 있는 충청도까지 갔다. 기차를 좋아한다. 차멀미에 취약한 나는 시내버스도 30분 이상은 타지 않는다. 그런데 이상하게 멀미가 두렵지 않았다. 언젠가 티브이에서 보았던 금강휴게소에 꼭 들러야

겠다고 주장했다. 딱히 휴게소에서 우동을 먹어본 기억이 없어서, 반드시 가락국수 한 그릇은 먹어야 한다고 소리쳤더니 그가 태어나 먹어본 중 가장 맛있는 우동을 먹여주었다. 그리고 나서 알감자도 먹고, 호두과자까지 사 먹었다. 식탐이 있는 편이 아닌데(물론 나의 주장이다), 남들 먹는 것은 다 먹어야 한다는 마음가짐이 되었다. 그리고 휴게소 덱에 서서 시원하고 달콤한 강바람까지 모조리 삼켜버렸다.

쉴 새 없이 경주를 향해 달렸다. 고속도로를 달리는 것 자체가 큰 즐거움이었다. 그렇게 배불리 먹었는데도, 멀미의 미음도 얼씬하지 않았다. 차를 타고 지나면서 만나는 모든 이정표가 신기했다. 지도로 보던 곳들을 차례로 지난다는 것만으로도 소름이 끼치게 좋았다. 모든 것이 일상에서 만날 수 없는 풍경이었기에. 여행의 의미가 조금씩 피부로 느껴졌다. 오후에 출발했기에 목적지인 경주의 작은 항구 마을에 다다르니 이미 저녁이 되었다. 완전히 다른 세계에 온 것 같은 느낌이었다.

서른 살이 되지 못할 줄 알았습니다

그 어디서도 만날 수 없을, 몸체에 감은사지 3층 석탑을 품은 등대를 구경하러 갔다. 차에서 내리자마자 바다의 짭짤하고 비린 향이 모든 기관으로 침투했다. 바닷냄새를 맡으며 어둠 속을 밝히는 등대를 보고, 작은 만을 동그랗게 돌아서 숙소로 갔다. 숙소의 창으로 밤의 바다 너머 항구 마을이 반짝이며 쏟아지고 있었다. 태어나 처음 보는 광경이었다. 하루치의 피로와 먼지를 씻어내고 쉴 준비를 마쳤다. 여행지에 도착하기까지 찍은 사진들을 확인하며, 도란도란 이야기를 나누다 보니 열어놓은 창으로 웅성거리는 소리가 들어왔다. 어느 하얀 배가 환하게 불을 밝히고 있었다. 선원인 듯한 이들이 출항을 위해 준비를 하고 있었다. 자정이 지나자, 그들은 바다를 향해 거침없이 나아갔다. 가슴이 뜨거워졌다. 누군가는 편히 잠들 시간에 생업을 위해 바다로 나가는 이들의 현장에 우리가 있었다.

다음 날은 해안선을 따라 한참을 내려갔다. 분주한 울산의 도심을 지나 울주군에 있는 작은 항구 마을에 다다랐다. 하얀 등대 아래에 앉아 한참 바다를 보기도 하고, 혼자 앉아 한가로이 낚시하는 이를 구경하기도 했다. 작은 마을의 모든 것을 새로 선물 받은 작은 필름 카메라에 담았다. 어떻게 담겼을지 예측하지 못하기에 셔터를 누르고 필름을 감는 모든 순간이 설렜다. 온종일 해안선을 따라 구경하고, 울주의 작은 항구 마을에서 한참 사진을 찍었다. 소중한 그는 사람들에게 친근하게 다가가는 타입이어서, 작은 항구 마을에서 낚싯배를 띄우는 선장님과도 안면을 트고 연락처를 주고받았다. 그 분에게서 시원한 음료도 대접받았다. 사진을 잔뜩 찍고 돌아오는 길, 구경하고픈 곳이 있으면 또 잠깐씩 차를 세워 구경하고 셔터를 눌렀다. 출사를 한 날이어서 제법 피로한데도, 또 자정에 바다를 향해 나가는 배를 한참 동안 보았다. 그들이 안전한 조업을 하고 만선으로 돌아오기를 빌며, 그들이 밝히는 불빛이 작은 점이 될 때까지 눈을 떼지 못했다.

여행지의 아침은 눈부셨다. 둘째 날도, 마지막 날인 셋째 날도 눈을 뜨면 바다를 향해 완전하게 뚫린 통창을 통해 바다와

햇살이 쏟아졌다. 도통 바다를 보며 살지 못한 나는, 이곳에서 살아가는 이들이 부러웠다. 그러나 매일 마주한다면 이 광경에도 심드렁해지려나?

셋째 날의 오전은 이 작은 항구 마을의 만을 따라 걸었다가 되돌아왔다. 그렇게 수없이 셔터를 눌러대고, 어망을 손질하는 어르신들과 인사를 나누었다. 도무지 여행을 끝내고 싶지 않았지만, 차창을 열고 작은 항구 마을과 2박 3일의 여정에 손을 흔들었다. 여행다운 여행을 처음 해보고서야, 왜 사람들이 여행하는지 알 것 같았다.

그리고 또 금방 다음 여행을 떠나고 싶다는 생각이 들었다. 그 생각을 입 밖으로 냈더니, 그가 크게 웃으며 말한다. "이정연 씨, 여행의 맛을 제대로 알아버렸네. 이제 골치 아프게 됐다~." 그의 골치 아픈 예감은 현실이 되어, 바로 한 달 뒤 우리의 정연 투어는 통영과 거제도로 두 번째 여행을 떠났다. 시작이 어렵지, 그 후로는 그리 어렵지 않다. 정연 투어는 2024년 초까지 잠시 쉬어가지만 이제 여행은 마음만 먹으면 언제든 가능하다고 믿게 되었다.

　우리는 늘 겁을 낸다. 내가 경험하지 못한 것을 신 포도로 설정해 두고 나중에는 자신이 겁내는 것이 당연하다, 할 수 없는 것이 당연하다고 믿어버린다. 그러나 생각지도 못했던 여행이라는 신 포도를 따 먹어보고서야 알았다. 왜 그토록 많은 이들이 이 포도를 원하는지를 말이다. 아주 달콤한 육즙이 쭉 나오는 맛있는 포도였다. 그리고 기왕에 한 번 사는 인생, 이 포도를 종종 먹으면서 살아야겠다고 웃으며 다짐했다.

　세상에는 아직 우리가 알지 못하는 맛있는 일들이 무척이나 많다. 맛있는 일들을 되도록 많이 찾아 먹으려고 애쓰면서 사는 사람도 있고, 겁이 나서 맛이 없을 거라고 합리화하며 피하는 사람도 있다. 물론 맛있는 일을 '모두 찾아서 먹을 수는 없다'라는 것을 나도 알고 당신도 안다. 다만 맛이 있을지 어떨지 우리는 알 수 없다, 그 신 포도를 먹어보기 전에는. 그러니까 무조건 신 포도로 여기고 먹어야 할 것들을 미뤄두지 말자는 거다. 내가 신 포도를 먹어보니까, 신 포도 먹어도 죽지 않더라. 지금까지는 아주 달고 맛있었다. 그러니 나를 믿어도 된다. 당신도 당신의 신 포도를 과감히 따 먹어보자.

그런 의미에서 나는 또 다른 나의 신 포도, 운전에 도전하기 위해 운전면허 필기 책을 샀다. 일단 필기에 합격해야 진짜 운전대를 잡아볼 테니까. 지금까지는 운전 게임을 못해서 남의 눈에 눈물 내고, 욕먹고 강퇴나 당했지만 앞으로의 일은 모른다. 내년의 따스한 계절에는 운전면허의 필기시험뿐 아니라 실기시험에도 합격하고, 운전 연수를 받아 베스트 드라이버로의 삶을 시작할는지도. 여담이지만, 연애도 나에게 있어서 신 포도 중 하나였다. 이건 절대 달콤하지만은 않고, 오미자 같은데 먹는 재미가 있다. 확실히 먹어보니 삶의 맛이 풍부해진다.

자, 이제 더는 망설이지 말자. 우리 함께 신 포도를 향해 핸들을 꺾어보자.

나오는 글

어쩌면 여름날의 호떡집일지도 모를 나의 인생

지금은 코로나 때문에 장터를 열지 않은 지 오래되었지만, 원래 제가 사는 아파트 단지에는 화요 장터가 열렸었습니다. 그리고 그곳에는 사계절 내내 호떡을 굽는 사장님이 계십니다.

여름에도 호떡을 판다는 말에 어느 친구는 엄청 신기해하기도 했지요. 어쨌든 여름에도 뜨거운 기름에 지글지글 호떡을 튀기듯 굽고 계시는 사장님은 정겨운 경상도 사투리를 쓰는, 빨간 앞치마를 두른 아주머니입니다. 우리 집인 205동으로 들어가려면 주황색 천막으로 뚝딱 만들어놓은 사장님의 호떡 가게를 늘 지나쳐야만 합니다.

여름에는 호떡을 찾는 사람들이 많지 않지만, 날이 조금만 차가워졌다 싶으면 호떡집 앞은 사람들이 줄을 길게 늘어 서 있

서른 살이 되지 못할 줄 알았습니다

습니다. 사람들이 별로 찾지 않는 여름에도 사장님은 언제나 웃는 얼굴로 호떡을 굽고 계십니다. 호떡집을 만났던 마지막 겨울이 떠오릅니다. 유난히 바람이 많이 불고 추웠던 저녁입니다. 다른 가게들은 이미 장사를 마치고 천막을 걷어 자리를 떴습니다. 그런데 호떡집만은 환하게 불을 밝히고 있더군요.

누군가 호떡 봉투를 들고 떠나는 것을 보고서 사장님의 천막으로 들어갔습니다. 판은 비어 있었지만 방금까지 호떡이 구워지고 있던 판입니다. "몇 개 드릴까?" 사장님이 저에게 묻습니다. 경상도 억양이 옆집 아지매 같아서 정겹습니다. 비어있던 호떡 판에 반죽 몇 개가 올라가서 지글거리며 구워지기 시작하자, 제 뒤로 사람들이 또 줄을 섭니다. 제가 호떡 봉투를 받아들고 자리를 뜨는 순간에는 제법 긴 줄이 늘어섰습니다. 그 줄을 바라보며 흐뭇하게 웃습니다.

어쩌면 힘든 지금, 이 순간 나의 인생은 여름날의 호떡집일지도 모른다고 생각합니다. 하지만 차가운 바람이 불고 기온이

뚝 떨어지면 사람들은 나의 호떡집 앞에 줄을 길게 서겠지요.
화요장터의 마지막 저녁이 그러했듯이 말이지요. 모두 내가 굽
는 호떡이 익기를 기다리며 환하게 웃고 있을 거예요. 그렇게,
나의 계절이 올 겁니다.

　지금 스스로가 조금 초라한 것 같다면, 삶이 힘겹다면 우리
이렇게 생각하기로 해요. '지금의 나는 여름날의 호떡집이다.'
그러나 조금만 계절이 바뀌어 찬 바람이 불면 사람들은 당신
앞에 줄을 지어 호떡을 살 겁니다. 아직, 당신의 계절이 오지
않았을 뿐입니다. 곧, 반드시, 당신의 계절은 올 것입니다. 이
정연에게도, 이 글을 읽는 당신에게도 '나의 계절'은 반드시 옵
니다.

서른 살이 되지 못할 줄 알았습니다